—— 我们所有的努力，都在和遗忘对抗 ——

王石 著

Back to the Future

Global Rowing Action with Wang Shi in Fourteen Countries

王石的十四国运河穿越

图书在版编目（CIP）数据

回归未来：王石的十四国运河穿越 / 王石 著．—
上海：东方出版中心，2023.2
ISBN 978-7-5473-2156-0

Ⅰ．①回… Ⅱ．①王… Ⅲ．①散文集－中国－当代
Ⅳ．①I267

中国版本图书馆CIP数据核字（2020）第030673号

回归未来：王石的十四国运河穿越

著　　者　王　石
筹　　划　刘佩英
责任编辑　肖春茂
责任营销　刘　笛
装帧设计　肖晋兴

出版发行　东方出版中心
地　　址　上海市仙霞路345号
邮政编码　200336
电　　话　021-62417400
印 刷 者　上海丽佳制版印刷有限公司

开　　本　710mm×1000mm　1/16
印　　张　20.5
字　　数　190千字
版　　次　2023年3月第1版
印　　次　2023年3月第1次印刷
定　　价　88.00元

超越时空限制的行动
扩展“连结”的涡流

最近，出版社邀请我为王石先生的新书作序，我欣然接受了。王石先生是我的老朋友，我们在许多方面都有相同的看法和见解，所以我很高兴撰写这篇序言。

2019 年至 2022 年这三年间，许多人的活动被迫停滞，但王石先生却比以前更加活跃。据他所说，在疫情最严重的时候，由于各国都实行了隔离措施，他隔离的时间加在一起，总共将近九个月。在那样困难的时期，他还是带领着团队，克服了许多困难，访问了多个国家，在世界各地的 123 条运河和城市河流中划艇。

听闻他的赛艇队已经划过了京杭大运河、隋唐大运河，甚至是古灵渠。尽管这些都是中国的河流，但作为日本人，我亦能怀想起它们的文化底蕴和历史沉淀。赛艇划过扬州古老的运河，可能正是循着鉴真和尚东渡日本时所走的路线。在船上，听苏州郊外寒山寺的钟声，赏人间天堂之誉的西湖美景。以极具现代元素的赛艇，穿过风景秀丽的渭水、黄河和潼关，横渡那些象征着中国悠久历史的险峻雄伟的河流，古今交融，意味悠长。

王石先生曾说过，希望通过赛艇运动向世界传递碳中和、保护水环境的理念。这些理念是当前全世界都在寻求的。我也看到他们为实现这一理想而不遗余力。

人类现在正面临着生态环境的巨大压力，气候变化已经成为人类存续的威胁。那么，我们应该如何应对呢？当然，这需要各国政府、大企业和国际组织之间相互合作。然而，这些组织最终都是由个体的人组成的。为了使这些由“人”组成的组织正常运作，人与人之间的“连结”至关重要。人类是复杂的生物，不一定总是按理智行动，有时也会受到感情的强烈影响。正因为如此，人与人之间的连结、心与心之间的连结非常重要。在这个过程中，产生共鸣是很重要的。

王石先生自在中国开展赛艇运动后，足迹已遍布欧洲、北美、南美和澳大利亚等地区。2022 年末，他划着赛艇在非洲尼罗河上穿行，参加了 COP27（《气候变化框架公约》第 27 届缔约国大会）。他不仅在中国将现代与古典连接起来，还通过赛艇穿越全世界的运河，在世界上缔造出丰富多彩的“连结”。比如，那些尽力保护热带雨林但又处于孤立无援之境的人们，如果听到王石先生开展了这么多活动，一心一意地向世界传递碳中和和水环境保护的重要性，或许他们也会觉得自己并不是孤军奋战，在遥远的地方还有很多同忧之士与他们并肩。

有一位参加过王石先生赛艇活动的人曾说，王石先生在攀登乞力马扎罗山时，发现了山顶上竟然没有积雪，为此感到非常震惊。于是，他便下决心在建筑领域进行供应链变革，以此来保护环境。在此过程中，也有人从此开始致力于从事减少热带雨林破坏的环保事业。由此可见，平时散落在世界各地的人与人、心与心，在王石先生开展的每一次赛艇活动中，被“连结”了起来，并在不经意间蓬勃生长。

我喜欢“心的连结”这个词。王石先生经受了超过半年之久的隔离，即使自由活动有所限制，也仍然穿越世界各国旅行的原因——可能就是因为他和我一样也重视这种“连结”。

在通信工具发达的现代社会，人们可以在线上进行无障碍的沟通。然而，面对面交流过程中的目光交错、近距离感受对方的体温所传递出的心情，以及在言谈中产生心灵相连的感觉，都是技术所无法达到的。当然，我和王石先生之间的交流大部分就是面对面进行的。

在全世界的运河中穿梭，在世界各地缔造“纽带”。在类似这样的对话舞台上，像王石先生书写的这种传奇会不断涌现出来。未来，以同样理念交知己，以一项运动觅知音，向着同一个目标努力的同行者会越来越多。当大家都来探索改善地球环境的途径时，必定将汇聚成改变世界的巨大力量。

作为老朋友，我希望王石先生周游世界运河与城市河流的赛艇活动能够持续下去，并且有更多的人乘上这艘艇、加入这个行列。我也希望他在今后的联合国气候变化大会上，将这个故事传递给更多的人。王石先生从 2009 年开始持续参加联合国气候变化大会，他也将继续坚持他的姿态与行动，让“连结”这个涡流在各个领域无限扩展。

运河是人类开辟的，它流动着、连接着不同的河流，也连接着过去和现在，连接着人与人、国与国、文明与文明。运河如此雄伟宏大，足以包容世间万物。

福田康夫

日本前首相

生命澎湃的张力

我与王石是同一代人，谋面不多，但神交已久。

众所周知，他是“万科帝国”的缔造者，中国房地产领域一位卓有成就的企业家。在资本营运、基金运作、社会公益等领域他也长袖善舞、叱咤风云，时不时就搞出些风生水起的响动。退出万科具体管理后，本该颐养天年的他并未就此消停。他另辟蹊径，远赴海外求学、涉足公益环保、酷爱运动健身、不断挑战极限、各地远足游历、广泛交朋际友，这些他也都弄得有声有色，甚至无与伦比。更令人刮目的是他又开启了“再创业”的征程。

在我眼中，他是个大开大合的商界英才，也是个谨慎稳健的企业领袖，还是一位热心公益、倡导环保，并且执着探索的行动者。20 世纪 80 年代，王石就创立了万科。多年的稳操大盘，他把万科锻造成了中国房地产的巨头之一，同时保持了很低的企业负债率。

王石喜欢运动，尤其勇于挑战环境恶劣、难以企及的绝地，并以征服它们为乐事。他两次登顶珠峰，徒步穿越过南北极地，还爱好飞伞、滑雪、赛艇等险趣交织的极限运动并表现不俗。他在商海中纵横捭阖的气度，在极限运动领域也显露无遗。从这个角度看，他又是一个敢于挑战极限、坚韧不拔、充满英雄豪气的人。

总之，他是一个很有故事，也很有趣的人。

说实话，他找我这样一个除了工作、学习、思考，没有更多别的爱好，显得很有些乏味和无趣的人，为他的新作作序，还真让我有些踌躇。由一个无趣的人来评述一个活力四射、十分有趣的人，本身就错位和好笑。书的序言，无非是对著作的思想内容作一些导读和点评。我有点担心，导而不得要领，评而不入圭臬，误读了他丰富有趣的经历和跳跃灵动的意蕴。当拿到《回归未来：王石的十四国运河穿越》书稿时，正逢春节闲在家里。捧卷细读，愈看愈觉得有味道，并产生了必须要给他写这篇序言的冲动。

他之前的《我的改变：个人的现代化40年》《大道当然：我与万科2000—2013》《道路与梦想：我与万科（1983—1999）》等著作都表现出严谨沉稳的风格。而《回归未来》这本书，他用日记体方式，像《徐霞客游记》那样，将沿途的风物、体验、交际、感悟用行云流水般的轻松文字，娓娓道来，诗情画意地描述了他的"深潜"团队，在疫情期间，通过有桨赛艇划行，穿越了欧美、西亚、东北亚等14个国家的120多个城市运河的故事。书里，"豆腐块"般的篇章串珠成链，记录游历的照片随文佐证，贴心详实的注释补遗信手拈来，如凡尔纳《海底两万里》一样，为我们呈现出一连串新奇的图景。不仅如此，从书中还可以看到他对往事的回溯追忆、对一些问题的感悟与反思，也可以看到他把思想触角延展到五彩斑斓广阔领域的激情与理性。

这本书刷新了我对他长期以来，带有某些缺失性的认知。我看到了一个铁骨男儿柔情似水的一面。一个丰富、立体、全新的王石形象出现在我眼前。

他主导的这次洲际运河穿越，从2021年11月到2022年8月，历时九个多月的时间。如果单单从运动游玩这个视角来看待他的这次行动，就未免流于肤浅。全球气候变化，将人类未来置于极大的不确定性之中。他认为，如果大家再不捐弃前嫌、充分沟通、联手行动，就没有未来可言。因而，他是把这次赛艇活动，与"零碳排、零废弃、水保护"的环保主张紧密捆绑在一起的。他过去多年，就曾积极倡导并身体力行节能减排、低碳环保、废物循环利用等理念，并卓有成效。在他看来，赛艇是一项没有机械动力和燃油消耗的水上运动，参与者可身处江河湖泊，过而不留任何痕迹，天然与水保护、废弃垃圾处理、零碳排放等密切相关。他实际是试图借助赛艇运动，巡回宣示运河文化和环保主义的主张。他认为，运动健康、低碳与环保，是超意识形态和国界的共同语言，并期待“古老运河、运动健康、自然环保、低碳减排、重建连接”，推动中外运河城市建立起民间交流的通道，使古老的运河重新焕发生机与活力。为此，他像堂吉诃德一样，赤诚、坚定而执着地开启了远涉之旅。

他的“深潜”团队一路走来，宣示环保、考察项目、沟通看法、交流经验、互鉴成果等各种活动虽密集交织，但都收效显著。能在不到一年时间里做这么多事，无疑既有不屈服于疫情阻隔的顽强意志，又有根植于内心环保主张的知行合一，还有像年轻人一样永远燃烧的澎湃激情。保尔森先生调侃他像《阿甘正传》里的阿甘，我则形容他像中国古代神话中“追日的夸父”。

通过这本书，一个热心公益、力行环保事业的企业家那种高度自觉的使命、责任与担当的形象便跃然于纸上。

毫无疑问，王石是我国改革开放基本国策的最大受益者之一。其成功，离不开改革开放带来的巨大红利。正因如此，深切的得失体验，使他成为视野开阔的企业家，深感开放的重要。近几年，由于新冠病毒感染的大流行以及国际单边主义的泛起，确实造成诸多阻碍与隔绝。在他看来，中国改革开放四十多年与世界建立起来的联系，已产生了深远的意义。如今，不仅仅是中国需要世界，世界也在期待与中国的交往。他认为：人类在科技上的确有着翻天覆地的变化，但人性没变，一些最基本的价值观依然存在。和平、友谊、文化交融应该成为主旋律，今后也应该是这样。疫情之后，只有走出国门，才能强烈地感受到：这个世界需要中国，不仅需要中国的物品、中国的市场，还需要人员的互动来往、感情的交流。人员的互相来往，才能够产生你中有我、我中有你的情感，超越各种形式的差异。在他看来，我们以为是常识的东西，对他人来说可能就是陌生的，所以人与人之间需要不断沟通。如果互相不了解，只靠猜想，就会引起误解，接着形成隔阂，再发展就很容易形成敌对。因此，面对面有温度的交流是非常必要的，要用实际行动去突破这种阻碍和隔绝。无论是个人还是企业，都应勇敢地走出去，去作第一手的观察和获取最前沿的信息，走到国际舞台，发出自己的声音，作直接坦率的沟通，在交流中弥合分歧，赢得信任与合作，找到更多的互动机会。为此，他像世界公民一样，理直气壮地开启了远涉之旅。

从书中的字里行间可以看出，他是这样想的，也是这么做的。在这次以赛艇为纽带的洲际运河跨越过程中，他扮演了一个民间友善使者的角色，一路上广泛接触国际各阶层人士，上至精英层面的达官显贵、商界翘楚、专家学者，下至草根蓬蒿的职场白领、在校学生甚至闲散民众。他们谈历史、话掌故、聊艺术、论社会，他们话人文、论经济、鉴美食、聊生物多样性……内容几乎无所不包。他们谈的不是如何赚钱，而是谈如何面对金钱的诱惑、如何与人相处、如何坦然面对灾祸……当然，谈论最多的还是环境保护和人际交流这两个既定的主题。

他与各色人等广泛交流沟通，既有情感的传递，又有问题的探讨，也有目标的互动，还有经验的分享。可以说，在国际关系复杂、疫情阻碍往来的背景下，他又做成了一件有国际影响力的事情，用一个让人意想不到的方式，找到了沟通的可能。读者可以从中感觉到他那种坚守文化自信底色的笃定，他那开阔的视野，博大的胸襟，亲和的气度。

王石早有海外留学的念想，但因种种缘由而未能达成。未曾想，他竟在花甲之年毅然抛开繁冗、走出光环，远赴海外，老老实实、规规矩矩做起了留学生。他的想法其实也很简单，就是想出去接受基础的训练，来补足自己的短板，寻求自身和万科发展的答案。带着“开口只够应付酒店入住”的英语水平，他去到异国他乡，从美国哈佛到英国剑桥；从每个周一到周五；从开始的交际语言训练，到学术研究领域硬着头皮跟着老师走，听讲座、啃笔记、查资料，忙得紧张难耐。语言障碍、身份切换、生活不适、学习焦虑纷纷向他袭来，许多人也不理解他苦行僧似的囿于校园里的举动。然而，这些都不曾动摇这位内心强大的硬汉。他如圣徒受洗一般全然进入了一种近乎“隔绝”的状态：每天公寓、图书馆、教室“三点一线”。在精神高度紧张和身心挣扎中，度过了用他自己的话说“如入炼狱”的近 3 个年头。这样的浴火重生，使他感受到智识进步、眼界拓宽的欣愉。

成功人士自有其成功道理。我想，他这样放下优裕、光环和自在轻松，刻意跟自己过不去，选择寒窗苦读，最直接的效果，就是垫高了他与时俱进，审视万象的脚跟和眼界，因而能够与时代同步，与潮流合拍，与前沿共频，增强了复杂情况下对变化趋势的预判能力。他这种“活到老学到老”的严格自律、顽强毅力与执着不移，无疑是值得钦敬的。

王石酷爱运动，已将运动健身化为生活习惯。但他似乎并不满足“运动达人”这个耀眼的勋标，好像更在乎通过挥洒汗水与激情，来完成一个健全人格的塑造过程。王石把赛艇团队取名深潜（Deep Dive），很多人都以为和潜水有关，其实他想表达的是，人在前进过程中要学会停下来，潜下心来、深入下去思考几个问题：你是谁？你在哪里？你往哪去？他的思考和答案，许多是在划赛艇，抑或攀登、滑翔的过程中逐渐领悟的。他期望通过运动，为大家创造一个停下来的思考空间，回顾自己的生活，反思自己，调谐自己的人生。他自己就从中感悟到了团队合作、齐心协力的极端重要性，也体味到反躬自省、换位思考的弥足珍贵。甚至，他还像柏拉图那样的哲学家一样，发出人生终极之问：未来是什么？元宇宙？火星移民？生命科学让人类永生？他笃信，人与自然的和睦相处、资源和能源的智慧运用、环境的可持续发展，才是人类社会真正的未来。他还不断思索成功的定义：当“拥有财富”“实现自我”

等目标都达到了后，我们还当如何？我们生活、工作、奋斗的最终目的是什么？当离开这个世界时，生命的意义又何在？

王石的回答是："我不会停止，我还在利用自己的经验做各种尝试，还在做自己认为有意义的事情。我依然在社会上寻找自己的位置，从而尽可能地发挥出自己的力量。""莫道桑榆晚，为霞尚满天。"步入古稀的王石，内心仍涌动出青春的激情与梦想。他觉得，这个年龄段他反而找到了自己最好的状态，觉得人生还很长，还有价值。2020 年 9 月，当我国政府明确提出 2030 年"碳达峰"与 2060 年"碳中和"目标后，他立刻意识到，中国已进入"双碳"经济时代。他判断，这将是一个非常巨大的商业机会。他在书中写道："双碳目标召唤着我，如同冲锋号在老战马耳边响起，我不投入进去做，就是对不起我自己。"

他曾经这样定义过企业家精神：一个社会总有一些传统、规范和模式，企业家要发现这些模式目前存在的问题，还要在价值多元的社会里，团结起足够多的人，形成足够多的共识，调和各种相互矛盾的利益关系，以推动变革和创新。双碳经济与交圈时代，事物在不断发展中衍生出跨界的新需求，也伴随许多未知的新领域。这就意味着存在许许多多的不确定性。他认为，越是不确定的环境，越需要企业家。他号召，要"以一万加一变应万变"——企业家要比变化本身还要多一变，变危难为机遇，"逢山开路，遇水架桥"。

他的再创业，不再局限于已有的人员和方向去搭建目标，而在一个更广阔的平台上，汇聚起所有能利用的资源，在开放、合作、互相借力的原则下，不断寻找新的可能。他创办了深石绿色影响力投资平台，专注于绿色技术、环保消费以及脱碳经济增长趋势中的服务，运用私募基金和 SPAC（Special Purpose Acquisition Company）等金融手段，为碳中和行业的潜在公司筹集资金并为其上市铺平道路。

当前国际上并没有关于绿色影响力投资的教科书标准。将影响力投资与创新的资本工具结合，是一项对操盘者要求比较高的金融探索。王石古稀之龄，本该安享平静自在的晚年生活，但他却又把自己置于新的战场之中。这种抉择，绝非常人意志可以承受。对此，王石坚定地表示：“双碳目标召唤着我，我必须凭借个人的经历、知识，以及城市建设与绿色建筑的经验，调动起自己多年的人脉，去全力以赴，冲锋陷阵。”他这种老骥伏枥，志在千里，一往无前、奋不顾身的豪气与执着，着实令人由衷赞叹！

以我对王石的了解，我更乐见他凭借多年学习、打拼所积累的学识、经验，以及社会影响力和更加成熟稳健的心智，对可测或不可测的问题应付裕如。我也衷心祝愿他在绿色投资探索中能够取得成功！

在他这本带有点百科全书意味的游记里，令我觉得亮眼和感慨的地方很多，我不可能一一列述。令我感受最深的，是从包罗万象的种种行迹中，穿透出一束光，这束光是人类所共同追求的。在这束光的折射下，有一股生命澎湃的张力。我前面这些述评，就像从一个巨大的树冠上只是摘取了几片树叶。如果要全面了解和领会王石知、识、行所包含的丰富意蕴，那就自己走近这棵大树，更广泛地体味和品读吧！是为序。

黄奇帆

重庆市原市长

为人类未来而穿越

我和王石先生都是属虎的，他比我大整整一轮。度过了六个本命年，他勇于挑战的内心依然炽热燃烧，每天划赛艇、攀岩，如猴子一般敏捷，令人钦佩。对他来说，年龄的界限从来不是什么阻碍。我曾经问他，为什么还能持续地追求登顶的目标，他告诉我，到了人生的第三阶段，把握个人与社会的关系依然重要，他积极地行动、创业、做公益、创造价值，不愿自己成为社会的负担。

在 2021 年的亚布力企业家论坛上，我听了王石的演讲，名字叫《我命由我不由天》。当时我的想法是，如果是我，肯定不敢取这样的标题，因为我没有这么满满的自信。如今借由这本《回归未来》，我更多地理解了他自信的来源——他的心志果敢坚韧、不惧险阻，总是要将想法付诸行动。

从以前起，我就欣赏王石负笈远游的选择，为了圆自己出国留学的念想，他到哈佛大学待了两年，又到剑桥大学待了两年，之后再到以色列希伯来大学研究希伯来文化。他一路从语言关开始过，训练自己的学术能力，这种毅力和精神十分可贵。

这次的全球运河赛艇穿越，他选择在 2021 年和 2022 年出去，着实面临很多的不确定。但为了中国馆出现在联合国气候变化大会上，为了联通中外的赛艇运动爱好者，为了呼吁“零碳排、零废弃、水保护”的主张，为了考察全世界碳中和的实践和发展，为了重新发掘开放包容的运河文化，他还是出发了。

穿越容纳了如此多的主题，最终的落点都在于未来——人的未来。我一直认为，从宇宙的角度看，人类最终的灭亡甚至地球的灭亡是不可避免的。也许哪天一个陨石过来，或者一场大地震发生，人类就此灭绝了。但地球还是会照常存在，绕着太阳转，地球上的生态或许还会因此取得更好的平衡。所以，“因为人类需要地球，所以要保护地球”才是对的。从看到乞力马扎罗山顶的雪融化，担忧山下住民的生活开始，王石始终是出于对人类未来的关切，才如此全力投身于现在的事业之中的。

为了呼应运河的文化内涵，连接更多的人，王石去往了更广阔的世界。这种方式我非常能意会。我曾经在新东方创立过一个叫“梦想之旅”的活动，是和许多老师一起开车，从一个城市到另一个城市，给当地的大学生或者高中生作励志演讲。当时那种行进的激情，我一直不能忘怀。所以到了现在，我定下一个要实现的愿望就是，一心一意，以比较快的速度走遍全中国，进而走遍全世界。千万个细胞聚合起来构成了我们每一个个体，这本身就是上天赋予的奇遇。所以我们能够做的最美好的事情，就是实实在在过好今生今世。而今生今世最重要的事情之一，就是放眼看全球，走出去，穿越人类文明，这真的是人之为人很关键的一部分。

这本书记录了王石的行迹，我从中看到的不仅是他一路上的见闻与收获，更看到了他拥抱变化的能力。面对现实中的困境，他不曾作无用的抱怨，而是谨慎乐观地从危机中寻找机会。这个机会也不是他一拍脑袋就想出来的，用他的话说，他为此准备了 20 年。

作为企业家，我们都曾历经波折，也都曾在逆境中寻找希望。人难免经历长夜漫漫，在困苦之际，最重要的是用什么样的生命态度去对待。我们所相信的是坚持，是绝不退场，是一夜之后终会看到太阳的第一束光芒。

王石的运河穿越行进了一年多，穿过了一百多座城市。在路上，他又一次迎接生命里的曙光。

俞敏洪

新东方教育科技集团创始人、董事长

前言

百座城市运河穿越——没有暂停键

2022 年 8 月，我从日本回到国内，在酒店隔离期间完成了这本书。离开日本时，我刚好完成了全球第 40 座城市的运河穿越，就在日本富士山脚下的河口湖，赛艇上有我，也有东京大学的学生。而等书稿出来，出版社约我写这篇自序的时候，这个历史首创的运河百座城市穿越已经完成，并带来了令人欣慰的成果。

全球运河百座城市穿越的起源，始于 2021 年底的第 26 届联合国气候变化大会（COP26）。我与欧洲赛艇协会主席安娜玛丽·菲尔普斯（Annamarie Phelps）及苏格兰运河协会主席安德鲁·西恩（Andrew Thin）一起，划艇于苏格兰运河之上，并发出了零碳排放、清洁水源的环保倡议。之后我又到了迪拜、新加坡，与当地的社区、跨国公司和国际机构共同推动环保倡议行动，所到之处皆受到了积极响应，大家组织赛艇训练，甚至成立了深潜海外的赛艇社群俱乐部。这时我发现，多年来在全世界推动运动健康和绿色环保所积累的资源，一下子就被激活了起来。

2022 年初，深潜制定了一个全球运河穿越的路线图，秉持三条主线：运动健康、碳中和、运河文化。就赛艇而言，2014 年开始，我创办剑桥企业家训练营，在当选为亚赛联主席以后，我与全球各国赛艇协会联系，组织国际交流赛事。从碳中和角度，我十几年来在万科推行绿色，组织中国企业家参与气候大会中国角，如今又开始生物圈三号的碳中和创业。再说运河文化和水环境保护，我多年来在中国各个城市推广运河文化，这次受邀请参加德国莱比锡的世界运河大会，邀请机构是内河航道国际组织（IWI），我参加这个会议，就是要在国际河流组织中推广中国大运河，并通过赛艇把中国与国际上的运河城市连接起来。[①] 所以，沿着这张路线图出发，既是一次回归之旅，也是一次未来探索之旅。

穿越结束的时候，我们的行迹已经到达了 18 个国家 123 座城市，最终到达 COP27 的举办国埃及，在气候大会上发布行动成果，并在埃及尼罗河上组织了百人赛艇穿行活动。其中很多城市都是在过程中临时增加的，比如广东省与广州市外办在得知我代表深圳到荷兰友好城市阿尔梅勒拜访，并在副市长陪同下参加世园会之后，表示希望我前往友好省市进行拜访。于是我马上调整行程，增加了法国里昂、意大利普利亚省和希腊克里特岛三个目的地。这便构成了全球运河穿越的第四条主线：友好省市的民间外交。因为目的地是临时增加的，我们甚至经历过飞机起飞前，仍在等待对方具体会面信息的情况。所幸的是，过去三年疫情下，我和团队都养成了应对不确定的能力，我戏称为“以一万加一变应万变”。

在我完成本书、回到国内的三个月里，深潜团队在全球运河穿越的行动仍然在进行。在韩国仁川、比利时安特惠普、澳大利亚悉尼、英国威尔士、丹麦哥本哈根、捷克拉齐采，深潜校友组成的国际小分队一直在持续行进中。他们突破疫情的阻隔，在中外之间扮演着桥梁和使者的角色。[②]

---

① 五年前，我选择在扬州合作建设国内最大的民间赛艇基地——深潜大运河中心，其中重要原因就是要推广运河文化。扬州是中国大运河的申遗牵头城市，申遗成功后在扬州产生了一个国际组织——世界运河历史文化城市合作组织（WCCO）。它联合深圳市国际交流合作基金会和深潜，发起了全球运河穿越行动。2022 年 6 月初，我受 WCCO 的委托，参加了在德国莱比锡举行的世界运河大会。在大会上，我介绍了扬州运河城市可持续发展的案例，这引起了国际上的热烈反响。新华网以《赛艇运动助力扬州书写精彩“中国故事”》为题，报道了大会情况。我推广运河的重要议题就是水环境保护。2015 年我作为亚赛联主席，促成了与世界自然基金会的战略合作，通过赛艇推动水环境保护。扬州深潜基地就此引进了世界自然基金会办公室。

② 突破隔离困难，坚持数月在国际上参与运河穿越的中国企业家，有蔡史印、程益夫妇，深潜校友严锡晓、严康兄弟，以及唐艺。

穿越队伍中有几个人值得一提。第一位是韩国人李基铉（Ken Lee）[①]，他已经快 70 岁了，上海封控期间主动走出来划赛艇，走过了 53 座城市。剑桥大学的博士彭立作为我的国际助理，穿越了 21 座国际运河城市。与此同时，国内的运河穿越也在进行。深潜校友会 10 多位校友，从东向西历经郑州、开封、洛阳、西安等城市，完成了隋唐大运河的穿越。深潜的员工闫贤是解放军退役特种兵，从 2021 年开始，他完成了共 40 座中国大运河城市的赛艇穿越，还在一天之内，独自用单人艇完成了淮安—扬州的百公里运河穿越。[②] 在埃及气候大会上，他把从运河沿线收集的石头赠送给了来自迪拜的代表，标志着 2023 年运河穿越行动向 COP28 接力的开始。

就这样，国内国外双线并进，百座城市穿越一气呵成。于我而言尤为重要的是，在疫情不确定、国内外出行困难的情况下，深潜的企业家和团队迎难而上，勇往直前，完成了创造历史的百城运河穿越。行动会带来改变，格拉斯哥的 COP26，最初中国企业家报名 40 多人，但由于出入境隔离的限制，实际登机时只有我一个人。到了 COP27，疫情防控要求没有发生变化，但参会阵容却悄然发生了变化，除了王卫东、陈明键等组成的“深潜校友赛艇队”，还有一支由深潜学院迟鑫带领的“深潜登山队”——他们克服困难，攀登非洲最高峰乞力马扎罗之后，来到了 COP27 现场参会。[③]

特别值得一提的是，登山队 5 个人在埃及期间全部“中阳”，但是他们坚持两次在尼罗河训练赛艇，身心都保持着积极的状态，一直到解

---

① 李基铉曾经担任亚赛联秘书长。2014 年我竞选成为亚赛联主席后，他来到中国成为深潜的顾问。八年来他始终热情饱满、不知疲倦地促进深潜与国际机构的友好合作，并连续几年组织世界名校邀请赛。

② 闫贤原来是我的安全保卫。我观察到小伙子很精干，有发展的潜力，于是三年前主动提出让闫贤到深潜团队中锻炼。小伙子一开始不太接受，后来勉强同意了。果然不负我的期望，闫贤的特质在赛艇中发挥得淋漓尽致。他不惧挑战，独当一面，听着军歌把大运河穿越了。

③ 我曾经多次在演讲中谈到乞力马扎罗之雪。山峰上冰雪的消融，让我第一次切身感受到气候变化带来的影响。深潜在 COP27 期间组织登顶，距离我登顶乞力马扎罗正好是 20 周年。

禁回国。他们身上映现的，恰恰是我最初创办深潜班的目的，就是帮助企业家重新定义成功的目标，在运动中挖掘自己的潜能，在挑战中不断突破自我。

从扬州到开罗——运河文明连接

2022 年 11 月 13 日，就在 COP27 期间，运河穿越行动得到了埃及青年与体育部以及埃及赛艇协会的响应，百艘赛艇被组织起来在尼罗河上共同穿越。来自全球的四大国际组织负责人都来到了埃及现场，共同参与百城运河穿越的收官活动。第二天，“世界运河气候日”主题边会在沙姆沙伊赫的中国角举办，会上发布了全球运河穿越的成果。[①]

作为运动、环保、河流以及运河文化领域的国际组织领导人，共同参与联合国气候大会，并共同倡导绿色低碳，这是历史第一次。此次 COP27 中国角，一共组织了 47 场边会，参加的中国来宾人数超过 100 位。这样的规格出乎我的预料。中国气候变化事务特使谢振华告诉我们，这是他所参加的历届气候大会中最精彩的一届。

扬州市副市长余珽带队来到埃及，参加了运河穿越在开罗和沙姆沙伊赫的所有活动。万里以外，扬州三湾古运河上也进行了赛艇穿越，WCCO 主席、扬州市市长王进健在尼罗河穿越现场视频致辞。扬州与埃及作为百城穿越的起始与收官，隔空连线，遥相呼应，两个古老的文明首次通过赛艇握手。全球 18 个位于不同时区的城市赛艇俱乐部也在 24 小时内完成了赛艇接力，以联合行动为人类的地球家园发声。

在 COP27 的“世界运河气候日”边会上，深潜大运河中心的案例

---

① 出席尼罗河百艇穿越的国际组织嘉宾，包括世界赛联（WRF）主席让–克里斯托夫·罗兰（Jean-Christophe Rolland）、世界自然基金会（WWF）总干事马尔科·兰贝蒂尼（Marco Lambertini）、内河航道国际组织（IWI）主席鲁迪·范德温（Rudy Van der Ween）。而我自己代表 WCCO 出席。他们又来到气候大会现场共同参与了百城穿越的发布仪式以及运河与气候变化的高峰论坛。

再次亮相。其核心就是以运动健康和生物多样性为主题的城市更新——通过生态治理，把七河八岛从城市边缘的垃圾场改造成为环境优美的生态湿地，而后通过引进深潜的训练、赛事和国际交流互动赋予城市活力。深潜入驻四年来，吸引了住宿、餐饮、环保、艺术等多方面的项目，深潜大运河中心也成为江苏省体旅融合发展的示范基地，扬州市上榜独一家。

运河连接着历史，赛艇穿行于现代，气候变化决定未来。运动健康和水环境保护之后，下一步就是碳中和改造。在 2023 年 COP28 的中国角上，我希望扬州深潜大运河中心的碳中和改造成为第二个精彩案例。

让每座城市都有一个“生物圈三号”

2022 年的全球运河赛艇穿越是从美国东海岸开始的。在纽约，我与高盛总裁约翰·沃尔德伦（John Waldron）一起早餐会。约翰听说了万科的绿色低碳成果之后，邀请我加入全球绿色金融工作组，我欣然应允。这个工作组由全球知名企业的 CEO 组成，成员企业包括中国银行、宁德时代、中节能集团、高盛、霍尼韦尔、陶氏化学、巴斯夫。工作组汇总了各个公司的绿色低碳案例，花费半年的时间研讨制定了白皮书《推动全球向低碳经济加速转型的建议》。

白皮书在 2022 年 12 月初召开的国际金融论坛上正式发布。在高盛总裁和保尔森基金会总裁主持的 CEO 闭门会上，我发言介绍万科的绿色低碳实践，举了两个例子：第一，推行绿色供应链，强调“无绿色不采购”；第二，早于国家规范 11 年执行绿色建筑标准。万科的 ESG 案例很具说服力，获得了与会代表的积极评价。

大梅沙万科中心，作为房地产行业唯一一个低碳转型案例入选了白皮书。这个被称为“生物圈三号”的项目，是在大梅沙万科中心本身为

LEED 铂金级绿色建筑的基础上，采用碳中和、运动健康、保护生物多样性的解决方案，打造我心目中的碳中和未来社区。在国家提出双碳目标的背景下，生物圈三号的碳中和改造于 2022 年 7 月份启动。5 月启程的我没有想到，由于全球运河穿越的连接，让这个项目成了国际上的标杆案例。

埃及 COP27 结束到今天，已经过去了一个月的时间。这段时间里我又去了新加坡、中国香港、日本、韩国、法国、英国、加拿大和美国西海岸参加会议，与国际上的碳中和领军企业和专家交流。在往来沟通中，我不断获得新的启发和思路，也形成了更加明确的判断：打造碳中和美好生活场景就是未来的方向，每个城市都应该有“生物圈三号”。深圳的大梅沙万科中心是第一个，未来还会有更多的城市——扬州、无锡、上海、广州、苏州……

回归未来

百座城市运河穿越在埃及 COP27 完成，但是我的国际旅程仍在继续，我受到加拿大外交部邀请，参加蒙特利尔举办的生物多样性大会 COP15。两天前，我从温哥华来到了西雅图，这是我 2022 全球旅程的最后一座城市。望着窗外的西雅图夜色，点滴的记忆在我脑中迅速涌现起来。七年前，我认识了吉姆·惠特克（Jim Whittaker）老先生。吉姆于 1963 年登上珠峰，是美国首个珠峰登顶队的队员。更重要的事迹是在 1990 年，他邀请中苏美三国的登山家联合攀登珠峰。成功登顶时给三国领导人（李鹏、戈尔巴乔夫和布什）发去了电报，倡议世界和平。这次登山因此被称为“和平登山”（Peace Climb）。

登山队下山途中苏联解体，一群登山家在冷战当中突破意识形态的障碍，登上世界最高峰，为改变世界格局表达共同心声，这是多么令人敬佩的壮举。2015年恰逢和平登山25周年，吉姆邀请我代表中国珠峰攀登者参加，我与当年的美苏队员同登西雅图的雷尼尔山。当年相聚云端山顶的景象，至今历历在目。吉姆现在已经94岁高龄了，还与我相约今年再与中苏美登山家相聚，共同庆祝他首登珠峰60周年及和平登山23周年。

而运河穿越的重大意义，也与此相似。在疫情隔离和国际变局下，主动连接不同种族、肤色和文化，唤起对于地球家园的关注、对于美好未来的追求。过去20年，我一直坚持走在环保公益、运动健康的道路上，并努力促进文化之间、城市之间、企业家之间的连接和认知。疫情的发生让我意识到，自己一贯的追求在被重新点燃，而且注入了面向未来、商业可持续的新鲜生命力。我每天都在适应新的变化，吸收新的启发，并且在实现商业可持续的过程中，探索创造各种令人兴奋的可能性。

2018年我从万科退休时，在水立方举办了一场大型跨年演讲，主题就叫作“回归未来”。我的考虑是：万科确信坚持的长期主义，比如低碳环保、企业伦理、运动健康，都被证明是不过时的，是代表未来的。四年后的今天，我已经快72岁，站在创业者的跑道上，在不确定的环境中，我的确信和行动从来没有变化过。我穿行于绿色健康相连的全球运河，与世界百城的2 000多位“双碳”同行者一道，回归于每一个个体与全体人类的美好未来！

王石

2022年12月16日夜晚

于西雅图

CONTENTS

目录

GLASGOW
DUBAI
SINGAPORE

第一站

格拉斯哥
迪拜
新加坡

2021 年 10 月 29 日

COP26 进行时

今天飞抵伦敦，一路驱车至剑桥，参加一系列座谈会，紧张筹备推迟了一年的格拉斯哥联合国气候变化大会（COP26）。

疫情仍在蔓延，全球经济复苏乏力，气候变化问题延宕难解，我们正面临着很多的不确定。最直接的就是，这次气候大会将保留线上的形式，中国大陆出发参与的企业还在犹豫……我出发前，注册报名的企业家大多都没有来，我只身一人上了飞机。原定今年要在大会上建立的“中国企业馆”（China Corporate Pavilion），也因为这些因素而变成了一个问题：如果没有人来，那还怎么组边会、做宣传呢？团队都陷入纠结之中。最后，我确定了想法：只要会议能在线下召开，馆就要建。

谁知道呢？万一大会很热闹呢？到时候如果我们没有建馆，就缺少了一个非常好的中国应对气候变化的宣传阵地，那将是多么可惜的事情。

受父亲的影响，我从小就对植物很亲近。登雪山时，训练完的空余时间，我就常在营地附近走，找找不认识的植物。60岁去哈佛读书，又很自然地迷上了植物分类学，在巨大的学习压力前，每天上下课时拍几张花草照片，按分类方法搜索辨认了解它们，成了我最好的放松。此行在路上，在不同的国度，往往见到不同的植物，随记之。

剑桥大学植物园，在 1831 年由约翰·史蒂文斯教授建造，并于 1846 年向公众开放。史蒂文斯教授是达尔文的良师益友，对植物有强烈的爱好，他认为树木对人类至关重要，并希望收集和种植所有能适应当地环境的植物。植物园收集有植物近万种。

2021 年 11 月 2 日

乐观的理由

清晨，我在格拉斯哥醒来。今天就是大道应对气候变化促进中心（C-Team）和万科公益基金会联合设立的“中国企业馆”正式开馆的日子。戴上可重复利用的防护口罩，驶往会场。中国企业之前参加了 12 次联合国气候峰会，在今年，第一次独立建立了自己的展厅。

在植物园这个很有象征性的地方，同剑桥大学多样性保护中心主任 Mike Maunder 博士见面

人类生存的空间包括动物、植物、病毒和细菌。植物是维持地球生态系统平衡的首功之臣。没有植物的光合作用，就没有了氧气的来源；没有植物的根、茎、叶、花、果实，就没有了食物的来源。

大叶蚁塔（大叶草科大叶草属），原产南美洲巴西亚马孙河流域，是世界上目前发现的叶片最大的植物。其直径可达4米，喜欢高湿度的雨林环境，终年常绿，到了亚热带冬天会落叶，第二年再发芽。

花序为塔状，因其形似蚂蚁的巢穴而得名。

大叶蚁塔

窗外，格拉斯哥，早！

时间回到2009年，因为我在万科推行减少木材使用，贯彻绿建标准已有成绩，于是联合国环境规划署邀请我，去参加哥本哈根联合国气候变化大会（COP15）。我们一行三个人——冯仑、阿拉善SEE的杨鹏和我——便代表中国一百家左右的企业出发了，这实际上也是中国企业家第一次参与联合国气候大会。

我们从法兰克福一路搭绿皮火车，到了哥本哈根。一出火车站，就租了自行车，路半径不超过10千米的地方都预备骑车前往。路上看到四周铺天盖地的大广告牌，都是国际NGO（非政府组织）做的。牌上的人物是当时的世界主要国家领导人，像奥巴马、布莱尔、默克尔等等。牌上假定时间是2020年，也就是11年以后，那些领导人都白发苍苍，嘴唇凝重地撇着，说着同样的一句话：“我很抱歉，我们本可以阻止灾难性的气候

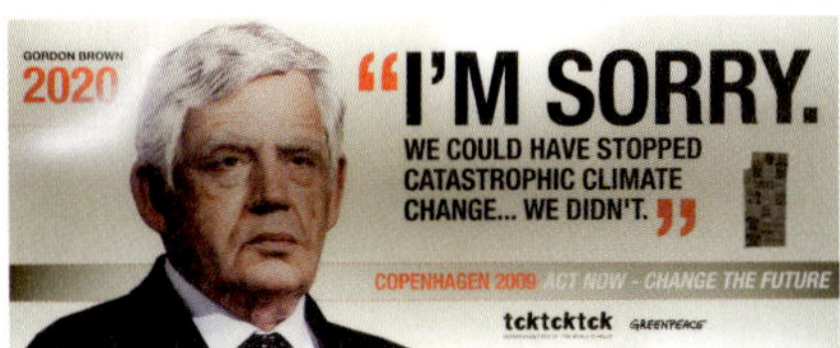

2009 年哥本哈根路上的大广告牌

变化……但我们没有。”

这场会议是要商讨《京都议定书》一期承诺到期后怎样达成一个新的共识。然而会还没开始开，大家却已经在假设失败的结局了。大标牌映衬出一股浓烈的悲观情绪，给我留下了很深的印象。后来我们到了落脚的宾馆，正好碰到时任中国气候变化事务特别代表的解振华。他看到我特别惊讶，没想到在各国讨论气候问题的大会上能看到中国企业来参加。聊了一会儿之后，他郑重地说：“中国确实需要企业的声音。”

尽管我们的出现很有必要，但实际上，

《京都议定书》，全称《联合国气候变化框架公约的京都议定书》，是《联合国气候变化框架公约》（United Nations Framework Convention on Climate Change，UNFCCC）的补充条款。1997 年 12 月在日本京都由联合国气候变化框架公约参加国三次会议制定。其目标是“将大气中的温室气体含量稳定在一个适当的水平，进而防止剧烈的气候改变对人类造成伤害”。

条约规定在“不少于 55 个参与国签署该条约并且温室气体排放量达到附件中规定国家在 1990 年总排放量的 55% 后的第 90 天”开始生效。其中，“55 个国家”在 2002 年 5 月 23 日当冰岛通过后首先达到，2004 年 11 月 18 日俄罗斯通过，达到了“55%”的条件，于是条约于 2005 年 2 月 16 日开始强制生效。

《京都议定书》是人类历史上首次以法规的形式限制温室气体排放。为了促进各国完成温室气体减排目标，协议书允许采取以下四种减排方式：

一、两个发达国家之间可以进行排放额度买卖的“排放权交易”，即难以完成削减任务的国家，可以花钱从超额完成任务的国家买进超出的额度。

二、以“净排放量”计算温室气体排放量，即从本国实际排放量中扣除森林所吸收的二氧化碳的数量。

三、可以采用绿色开发机制，促使发达国家和发展中国家共同减排温室气体。

四、可以采用“集团方式”，即欧盟内部的许多国家可视为一个整体，采取有的国家削减、有的国家增加的方法，在总体上完成减排任务。

当时企业家群体的角色还是非常边缘的，企业家的声音在主要议程中也没有得到呈现。我们三个人进入会场，就像刘姥姥进了大观园，感到一片陌生，完全不知道怎么参与，怎么宣传。于是我们请来当时资助的中国大学生联盟一起帮忙，在一个人来人往的大走廊上开了个新闻发布会，会上宣布了中国企业家关于低碳发展的“北京宣言”。后来才知道，在走廊办不对，应该要注册一个会议室。

大会上人群熙熙攘攘，热闹非常，就像一个气候主题的世界武林竞技台。各个国家都有各个国家的馆，许多国际 NGO 也建有自己的场馆，他们有条不紊又轰轰烈烈地宣传自己关于气候变化的行动与主张。当时的我们尽管已经有了几年的环保实践经验，作为代表，也受到别人的邀请去参加论坛，但一下子身处那种气氛中，还是有些无所适从，似乎找不到一个合适的方式，深入地参与交流，摆脱自己旁观者的感觉。这让我们意识到，应该更大力地推动中国企业响应并推行环保的行动，并且在国际大会上展现和宣传。

一连几年参加下来，在 2013 年华沙气候大会上，终于有了突破。在中国国家馆，万科与国家发改委气候司联合承办了第一次“中国企业日”，实际上就是专门用一天的时间来宣传中国的 NGO 和企业，并且积极联络各个地方政府来参加。当时我们背后的企业，数量已经达到了 1 000 家。

之后，2015 年又是一个转折之年。因为那一年的大会上基本达成了未来的框架约定，即各国形成了在 21 世纪末把温度上升控制在 2 摄氏度之内的共识。之后各国还要制定路线图，同时发达国家要给发展中国家每年援助 1 000 亿美元。这样的进展无疑是振奋人心的。大会前，我创办了大道应对气候变化促进中心（C-Team），力图探索绿色低碳发展模式，支持中国企业家成为应对气候变化的行动引领者。C，就对应着 China（中国）、carbon（碳）、clean（清洁）、climate（气候）多重含义。我以 C- Team 创始人的身份来到大会，所代表的企业已经达到了一万家，不仅数量在增长，相应的行动也在不断地推进。

C TEAM

大道应对气候变化促进中心

到了 2019 年，COP25 在马德里召开。我应邀在“全球气候行动”的高阶会议上分享了题为《万科绿色实践及中国政府鼓励企业绿色发展案例》的万科故事。万科的绿色实践成功入选为唯一商业案例，作为全球企业最佳实践分享。彼时聚集在中国企业气候行动（China Business Climate Action）平台上的企业，已经达到了一百万家。

从一百到一百万，我意识到，一天是远远不够的了，必须要有更大的空间，来让中国的企业展示自己与世界同步的气候认知与行动。这就是中国企业馆的由来。为它的从无到有，我们努

剑桥植物园里的大凤梨百合，原产南非，总状花序顶端一丛小叶子，形状酷似菠萝，被称为凤梨百合或菠萝花，充满热带情调。花期长，即使开完花后，花瓣也不凋落，而是转绿，维持到秋天，延长了观赏期。不过，事物没有完美的，花期有不太好闻的气味散发，吸引苍蝇传粉。不习惯的话，可戴上口罩观花。

大凤梨百合

在 COP26“中国企业馆”

剑桥植物园的百岁兰，巨大的革质叶片长达数米，恐龙时代就已经存在了，和百岁兰一样起源于中生代的大部分植物已经灭绝，有“植物活化石”之称，是世界上唯一永不落叶的珍稀植物。

存活下来只生长在地球上很小的范围之内，默默地生长，直到1859年，植物学家弗雷德里希在非洲安哥拉的沙漠上发现了百岁兰。

百岁兰

力了13年。

最终，大会期间，中国企业馆的热闹程度远超预期，会议不断，志愿者几乎忙不过来，连早前预备的办公室都成了多余。

开幕致辞时，我说：

> 假如这次会议有海报，我觉得标语可以改一下：“我觉得很骄傲，因为当时在格拉斯哥会议上我作出了正确决定，眼看地球没有变成糟糕的样子。”显然，我传递了乐观的情绪。
>
> 我们要乐观吗？至少在这里，在中国企业馆，我们有乐观的理由。

格拉斯哥大会开幕后不久，就形成了第一项关键成果，120个国家签署了“森林宣言”（《关于森林和土地利用的格拉斯哥领导人宣言》）——承诺到2030年停止和扭转全球森林砍伐和土地退化趋势，保护热带雨林；会议结束前三天，中美联合发布了《中美关于在21世纪20年代强化气候行动的格拉斯哥联合宣言》。

可以说，我亲眼见证着变化的发生——从难以协定到达成共识，如今各国应对气候变化的行动是实际的、可操作的、往前走的。人类方方面面的冲突依然存在，比如发达或滞后、贫与富悬殊等等，但是在气候变化面前，大家达成了一致：我们必须要联起手来解决问题，通力合作打败这个所有人共同创造的敌人。

随着会议的进行，一种面向未来的积极情绪涌上心头，而会前的纠结早已散去无踪。新冠病毒确实造成了诸多阻碍与隔绝，但人也可以通过实际行动去超越它。我就是这么做的，当然也深切地希望中国企业家都更多地主动走出去，去获得第一手的观察，然后传递出自己的声音，在交流中找到更多的机会。

剑桥植物园的橡树，又称栎树或柞树，壳斗科植物的泛称，落叶 / 常绿乔木，高达 25 至 30 米，是世界上最大的开花植物，生命期也很长，有寿达 400 岁的。其果实为坚果，一端毛茸茸的，另一端光溜溜的，是小松鼠的上等食物。21 世纪初，美国植树节基金会定橡树为美国国树。

橡树

2021 年 11 月 5 日

黄皮肤赛艇队

周末，在剑河与中国留学生博士赛艇队训练……其中一半为女性，可谓巾帼不让须眉。

2013 年在剑桥剑河，与彭立博士划双人艇。黄皮肤黑头发划赛艇者凤毛麟角，引起好奇者观望。2014 年，建立在读中国博士生赛艇队。八年过去了，黑头发黄皮肤的中国博士生赛艇队已成为一支活力健康的赛艇运动团队，欣慰！

赛艇队的大哥和核心——彭立（右一）

蓟（菊科蓟属），叶片边缘长有锋利的尖刺，直立头状花序。普通的野花却被苏格兰人命名为国花。

古罗马时期，罗马入侵苏格兰高地，一次偷袭中因遍布尖刺的蓟草阻挡了罗马军队的进攻，使反抗者成功阻止其进攻。

苏格兰人认为，蓟是保护他们的神花，被封为国花，并希望它的尖刺能一直保护苏格兰。

蓟

机窗外，俯瞰格拉斯哥

八人赛程 14 千米。运动促进健康，健康刺激运动，温度趋零度，口罩权作挡风护脸之用，一举两得。

用过丰富早餐，乘火车到伦敦。车厢还算舒适，铁轨的稳定性好过波士顿去纽约的轨道，但没法和中国的高铁比。

英国几年前就计划了伦敦—曼彻斯特的高铁，但哪年能完成呢？伦敦三场活动，全凭晨运刺激的多巴胺支撑着，晚班机飞返格拉斯哥。

斯特灵古镇

2021 年 11 月 8 日

深潜齐艇进

格拉斯哥气候峰会期间居住在斯特灵古镇。周日闭馆，闲暇时游览古镇。

斯特灵，苏格兰城市，15 世纪被入侵的英格兰军队攻陷之前，是苏格兰王国的首都和王室所在地。

阳光下，蒲苇花摇曳生姿，银白色羽状的花穗长而雅致，夕阳映照下，格外灵动活泼……

蒲苇花摇曳生姿

大会期间，我还有一个重要的目标，就是以格拉斯哥为首站，组织赛艇穿越国际运河。

2001 年在南昌的青山湖水上训练基地，我第一次体验了赛艇——一项能锻炼全身很多部位肌肉的运动。赛艇是古老的奥运项目，但在中国民间没有，过去只在电视画面上和新闻纪录片上看到，只觉得非常美，人与自然相谐，如同流动的五线谱一般。我与南昌当地的万科老总联系好，我要划那个细细长长的、桨也很长的赛艇，于是他们还安排了一个很优秀的教练员陪我。

一划就是两个小时，一块儿来的万科老总打算看我的笑话，拿着大长炮筒，坐在摩托艇上跟在我后边，随时准备拍下我翻船落水的狼狈样子。结果我平衡掌握得非常好，始终没翻船。水上运动中心主任就问我："你以前划过？"我说没有。他说第一次就能和教练双人艇划两个小时却不翻，这是不可能的。我一听，就知道他什么意思了，我说我划赛艇是第一次，但我以前玩的其他运动是很讲究平衡的控制的。

五年之后，又在南昌，我拉着华东地区万科的两位老总一起划赛艇，他们开始是不好意思拒绝，真的划了以后，却产生了兴趣，两个人就在两省一市 10 家公司里组织成立了万科赛艇队，这让我没想到。后来慢慢地，其他城市的万科队也成立起来了，然后就开始在国内国外积极组织参加比赛。

说是这么说，实际过程中，我接受的训练并不连续，同艇的陪练一般也都让着我。之后到了 2013 年，我在剑桥，学院里的主管知道我喜欢划赛艇，就把我安排进了校队。去了才知道，跟随训练的这支剑桥赛艇队可称得上是世界最高水平，有上百年的历史，更是参加奥运会、出世界冠军的地方！好吧，去的第一天，还不下水，教练在陆上让我练了一个半小时，几乎将我练趴下，结束的时候整个小腿都在抽筋，只能一瘸一拐地推着自行车走。

但疲惫之中又有舒爽，运动后分泌的内啡肽刺激着我，甚至让我吹起了口哨。这里的训练是非常系统和规律的——早上5点半起床，6点开始，一周5次。我坚持跟着，逐渐适应了这样的强度，之后索性加训到了一周7次。

后来，在2015年泰国的一次大赛上，一个运动专家测量了我的全身状况，告诉我说，其实我特别适合作为一个轻量级的划赛艇运动员。这一结论于我而言非同寻常。由于个子不高，速度也不是很快，所以尽管从小就喜欢运动，但篮球、排球、中短跑这些我都没有被选上过，一直属于“板凳队”。但我没有因此而放弃，这么多年一直坚持探索不同形式的运动。终于，经科学验证，被称为“肺部体操”的赛艇真正是我的所长。专家的话消融了我某种缺乏天赋的自卑，同时证明了我这么多年来坚持与自卑对抗的意义。

在这层个人联系之外，赛艇又是一项没有机械动力和燃油消耗的水上运动，参与者可身处江河湖泊，不留痕而过。因此，它本身就天然地与水保护、垃圾废弃、零碳排放等议题密切相关，也与我关心的主张完全吻合。

再者，赛艇传统上大多是在固定的赛道上划。在国内推广赛艇运动的时候，我们又发现，其实完全可以将之与运河文化结合起来——在运河上划。

中国的文化与水很有关系，说到水就会想到大禹治水，想到长江、黄河，当然还有运河。在古代中国的广袤土地上，运河曾发挥着促进经济文化交流、交通运输往来等重要功能。北宋后，京杭大运河延伸到了宁波，通过杭州和宁波与大海相通，

肩扛赛艇

更是与整个世界相连。随着工业文明的发展，运河伴随着铁路等现代运输方式的兴起而逐渐衰落，不仅经济价值大幅萎缩，而且由于工业化受到很严重的污染。时至今日，运河作为象征着开放的重要文化传统，不应仅仅是一种陈列的遗产，而应找到一种新的面目继续得以传承与呈现。

中国刚开始改革开放的时候是处在探索的阶段，是想要在开放中寻求竞争力。如今这么多年过去了，经济已然飞速发展了起来，中国站起来了，也找到了自己的位置，让世界刮目相看。这个时候，相较于防御的长城文化，运河文化意味着更多的交流、包容与融合，因而更切合这个时代。

用赛艇来倡导和传递这种精神，不仅能吸引更多人来划赛艇，而且能联结中外，甚至还能促进河水环境治理——这在以前就有成功的案例。

很典型的一个例子就是深圳的大沙河。2014 年我们在大沙河建立了第一个俱乐部。然而划艇的时候就发现，桨一荡开，水的异味就扑鼻而来。雨季的时候，雨水汇入河流，异味会被冲刷得微弱一些。大部分时候，水质都很不好。怎么办？我们是忍着异味划赛艇，每次划，每次记录，再向环保部门反映，联合做好水采样，一起来推动治理。在政府有关部门的

与深潜队员赛前拉伸中（摄影：洪海，2021 年 11 月）

决心和行动下，这几年来，大沙河的异味越来越少，最后几乎没有任何味道，水质也达到了赛艇标准的三类水。

古老运河、运动健康、自然环保、低碳减排、重建连接，所有这些关键词，共同构成了值得想象的精神和物理画面。

于是在 2021 年 9 月，我以北京为起点，发起了“大运河穿越行动”。22 个中国人接力，历时 1 个月，途经 6 个省、19 座沿河城市，完成了历史上首次以赛艇为载体的大运河穿行——累计总划行距离超过了 1 300 千米。

中国大运河穿越计划，与深潜好友在扬州穿越古运河

国内的穿行暂告段落后，我的眼光自然地望到了国外。苏伊士运河、巴拿马运河都是我们耳熟能详的，如果能穿行其上，带上“零碳排放、零废弃、水环境保护”的主张，岂不是能带来更多关于运河的理解，建立更多在共同语言基础上的交流吗？

2021 年 11 月，深潜团队的全球运河穿越计划，正式从格拉斯哥荡桨启航。

5 千米苏格兰运河格拉斯哥段赛艇穿越

2021 年 11 月 9 日

启程

苏格兰，静谧的运河，水鸟秋歌，天鹅游弋，与欧洲赛艇协会主席安娜玛丽·菲尔普斯（Annamarie Phelps）、国际赛联专家李基铉（Ken Lee）、英国奥运赛手卡恩四人双桨 8 千米……

七年前在亨利粉河马俱乐部结识安娜玛丽，知道她成功当选欧洲赛艇联合会主席，为她感到万分高兴。这次也邀请她来参加气候大会中国馆边会，共同探讨划船运动促进水资源清洁，改善生态环境的问题。

为了赶时间，同行的三人都分别替我预订了早餐，光鸡蛋加起来就有六个。很温暖，但胃只有一个，硬撑也吃不下，午饭是可以免了。三位伙伴都热心，只是互相未通信息，足见沟

一起早餐（中为苏格兰运河主席 Andrew Thin）

苏格兰运河

通很重要。

早餐会上，苏格兰运河专家给我们介绍运河更新的案例。20年前，苏格兰运河也曾垃圾堵塞，污水横流，如今却是一番新气象，水清草盛，天鹅畅游，生机勃勃。我听得兴奋，中国大运河的更新再造或许亦可以从中借鉴。

格拉斯哥植物园的珊瑚果，原产巴西。浆果球形，橙红色或黄色，秋天结果挂在树枝上久久不落，是观果花卉中观果期最长的品种。

珊瑚果

2021年11月11日

运河新气象

依然在苏格兰运河上划赛艇……

苏格兰运河东起爱丁堡，西到格拉斯哥，全长90多千米。两百多年前修通，成为苏格兰连接东西的大动脉。运河通航没几年，火车投入营业，解决了运输问题。运河逐渐被废弃，现在主要用于休闲、度假、娱乐。我们划艇其上，乐趣无穷。

格拉斯哥植物园的报春花，顾名思义早春先开的花，花朵小巧，颜色丰富多彩，清香怡人，深受人们喜爱。眼前四季报春花的品种在深秋却花开正盛。

报春花

2021年11月12日

摩天大楼的诅咒

格拉斯哥的会议一结束，我便马不停蹄地飞到了迪拜，凌晨1点落地。出发前我准备了入关时可能需要的核酸检测报告、电子签证、疫苗注射证明、健康保险、返程机票等一堆文件。然而到达时，移民官没有看文件，也没有问任何问题，5秒钟就让我过了关。传送带也很高效，一会就把行李运了来。一切如此顺畅便捷，我高兴地推着行李一溜烟儿小跑起来，同行的

阿联酋地处热带沙漠性气候，年均降水量约100毫米。很多人对阿联酋的第一印象是“富得流油”，但阿联酋有钱人的炫富姿势却是——比谁家的树多。在这里，如果你砍一棵树，最高处罚39万元人民币。

你可知道，树同时也是地下水“抽水机”——如果种树的方法、种的品种不对，会使沙漠化更严重！

牧豆树（豆科牧豆属），带刺灌木/小乔木，生长在河边的牧豆树可以长到18米高，而在干燥地区的牧豆树只有90厘米高，但它的根却有15米长，可以存活上百年。在极度干燥和高温的环境里，牧豆树不需要人工灌溉，长得快，抗干旱，生命力非常顽强，被誉为预防土地退化和沙漠化的“生命之树”。

阿联酋将牧豆树定为国树，显示出其“变沙漠为绿洲”的重大决心。

牧豆树

窗外，迪拜，早！

李基铉看到我的模样，差点笑掉了下巴。

为什么去迪拜？因为迪拜世界博览会正在召开，展览前沿的双碳成果。万科一直有参加世博会并独立建馆的传统，包括2010年的上海世博会、2015年的米兰世博会。这次因为支持COP26建中国企业馆，就没有在迪拜再独立建馆。尽管如此，还是收到了迪拜2020世博会举办方的邀请。

来到迪拜，放眼望去都是摩天大楼。高楼热不仅是建筑现象，更是一种社会心理。纵观世界经济，有一个历史性的魔咒，

“每当一座摩天大楼建造之时，就处于经济的过热时期；而每当一座摩天大楼建成之日，即来到经济的衰退之时”。这就是著名的“劳伦斯魔咒”，也被称作“摩天大楼的诅咒”，这个概念在1999年由德意志银行的经济分析师安德鲁·劳伦斯提出。

一步一个脚印，在海滩慢跑……20年前，帆船酒店还是个引得中国游客仰慕的孤傲存在；现在，海岸已经成为集娱乐、休闲、运动功能于一体的成熟黄金海岸。一边跑，一边在想：创新、超前、实干与梦想正是迪拜酋长国的生存基因。

继中国大运河穿越完成，借格拉斯哥COP26气候峰会的机遇，发起了世界城市运河穿越。第一站在爱丁堡，此刻开启迪拜棕榈岛站。与李基铉双人双桨8千米，我让李基铉用中文说几句，他大声地说：“迪拜非常好！”于是风轻天蓝，水透鱼跃，人尽兴！

若要问我：“行程这么紧张还划赛艇，不累吗？”我的回答是：“因为运动激发多巴胺，才使精神饱满！”

2021年11月13日

绿色乌托邦

这次世博会主题是“沟通思想，创造未来”。未来是什么？元宇宙？火星移民？生命科学让人类永生？我不知道。但我知道，21世纪的气候变化置人类未来于极大的不确定之中，如果大家再不抛弃前嫌、充分沟通、联手行动，就没有未来可言。迪拜世博会也给出了回答，主办方自己建了三个展馆，主题分别是：人与自然和睦相处、资源和能源智慧运用、环境可

孔雀草（菊科万寿菊属），原产墨西哥，是阿联酋的国花。花朵颜色艳丽，花瓣的边缘有金黄色的晕，整朵花明艳动人。

花朵有日出开花、日落紧闭习性，向旋光性方式生长，花语“晴朗的天气”，引申为“爽朗、活泼”。

孔雀草

在迪拜世博会可持续发展馆前

持续发展。

给我印象最深的是可持续发展馆。这是一座典型的碳中和展馆，外形灵感来源于龙血树，“树冠”就是一座硕大的光伏发电站，树干伸到地下形成主场馆，围绕这棵大树的，又是造型同样的系列小光伏发电站。这个光伏发电群，支持整座场馆能源供给，完全绰绰有余。

人还没进去，就已经被它的艺术造型、所展示的新能源解决方案，以及迪拜人的创造力所震撼！占地200万平方米的展区，规划的每个细节，都贯穿着同一个理念。

迪拜让我打开了记忆和联想，我想到上海和米兰世博会对城市和未来的思考；想到美国人在亚利桑那州沙漠建的“生物圈二号”实验室；想到阿布扎比沙漠上的马斯达尔城——阿布扎比人决心在沙漠里，打造一个完全靠太阳能、风能、地热提供动力支撑的新型城市。

2007年之后，我来看过马斯达尔四五次。东莞万科建研中心的设计，就参考了马斯达尔的理念。按最初规划，整个城市只靠太阳能供电，所有入驻机构，必须和低碳有关，水、建筑、垃圾处理都要按最严格的低碳标准来做。遗憾的是，这个绿色乌托邦的许多设想没能实现。但我始终钦佩这种执着的探索——一个高度依赖能源的国家，在努力给自己“续命”。

可以说，迪拜世博会融合了之前的创新，体现了现代人的集体智慧，是面向未来创意的集中展示。这是迪拜所创造的奇迹，值得尊重，而且也给我们很多人启发。

疫情中，迪拜世博会逆势开展，吸引了众多具有好奇心及渴望外出的游客，一些场馆需要排队等候。当然，要做到戴口罩、保持距离。独具创意的公共活动空间是此次博览会的一个特征。冲浪式瀑布，兼具娱乐和参与性，融气势与安全于一体。停留在此，竟有流连忘返之感……

迪拜棕榈岛17岛18湾倾情赛艇，但时间在早上9点之前或下午3:30之后。切记，即使是冬季，赤道附近的太阳也很

在新加坡见到的万代兰（兰科万代兰属），典型的气生兰，具有南国情调的洋兰。一枝花茎上可开出数朵较大的花，雍容华贵，花姿优雅。气生根又粗又长，有的好像筷子，凡是生长壮旺的植株，其白根甚多，恍如圣诞老人的胡子，一把一把地垂吊下来。其白根越多，开花就越为繁盛。

气生兰是泛指那些能够自由攀附于树上和石上，以气根从空气中获取水分和养分的兰花，可称为附生兰，如蝴蝶兰、石斛兰、卡特兰、文心兰和石豆兰等均可称为气生兰或附生兰。新加坡国花胡姬兰花就是万代兰属的一个品种。

万代兰

与李基铉在迪拜湾划艇

热情火热。有世界第八大奇迹美誉的棕榈岛金色的沙滩上，我邀请中建中东公司的余涛一起划赛艇。听他介绍说，棕榈岛的三分之一建筑和基础设施，都是由中建完成的。

2023 年，COP28 将在迪拜举办，万科公益基金会会继续支持中国企业馆，那现在就得谋划，到时候怎么讲述中国故

鬼兰（兰科幽灵兰属），附生植物，无叶，以根进行光合作用，根具有叶绿体以产生植物需要存活的叶绿素。花艳丽，形状奇特，惹眼的白色大花就像幽灵飘在空中，又被叫作“幽灵兰”。

事呢？

显然，建筑是重要的主题，我专程拜访了中建中东公司总部。在环保理念、绿色供应链、碳中和未来等方面，我们的观点一致，交流非常融洽。

迪拜湾看上去很像一条河流，而实际上它是一个伸入内陆

鬼兰

的海湾，全长 10 千米。在 1960 年发现石油之前，当地人靠挖珍珠和一些海湾口的小额贸易为生，迪拜海湾两岸也几乎是一片黄沙加几间破房子。但迪拜人自豪地称其为诞生迪拜酋长国的“迪拜河”……

2021 年 11 月 14 日

斗士布隆伯格

离开迪拜，到新加坡。过关流程严格而有效率，扫码核酸测试后，我进入了这座美丽的花园城市。按程序，入住宾馆后需要乖乖待四个小时，等待测试结果。四个小时隔离，相比英国、阿联酋，算得上是严格了。

创新经济论坛的创立人布隆伯格先生，是彭博公司创始人，破纪录连续三任纽约市长，创造了布隆伯格时代，是我敬重的企业家和斗士！

美国政治是要站队选边，纽约是民主党大本营。有趣的是，布隆伯格先生曾是民主党人，2001 年成为共和党人，2007 年又成为无党派人士。但有三点是明确的：布隆伯格先生极度反感特朗普的财富观、单边主义以及敌视中国战略。2020 年美国大选时，以拉下特朗普为己任。令人佩服！面对全球变暖问题，布隆伯格先生是全球脱碳经济的重要推手，布隆伯格论坛的助力亦影响深远。

正常情况下，至少有三百个中国企业家会参与这次论坛。然而遗憾的是，这次很少看到中国大陆企业家。面对面有温度的交流是非常重要的。不出现，就不能得到前沿的信息，也可

雨树（豆科雨豆属），枝繁叶茂，美丽而大气，晚上叶子会合起来，次日清晨，叶子又渐渐打开，微风过处，水滴如雨，故名雨树。其树姿优美，树冠展开就像一把巨伞，能够遮荫降暑。生长速度快，不仅可作为行道树，也可作为庭院树观赏。

雨树原产南美洲，1975 年被新加坡引进国内大规模种植。目前新加坡全境已有 110 万棵雨树，被定为新加坡的国树。

新加坡是世界公认的“花园城市国家”，境内道路两旁树木成荫，行人举目所见皆是草茂花繁。

雨树

能失去宝贵的机会。无论是个人，还是企业，在有可能的情况下，还是要勇敢地走出去，走到国际舞台中央，作直接坦率的沟通，赢得信任与合作。

新加坡圣淘沙：桫椤（桫椤科桫椤属），仅存的木本蕨类植物，有“活化石”之称。南太平洋岛屿的热带雨林中，树蕨高3—8米，最高的达20米。

蕨类植物是高等植物中原始的一大类群，出现在距今4亿年前，在恐龙繁盛的时代，地球上没有高大的树木，蕨类植物统治着植物界，是食草恐龙的食物。它们从远古走来，岁月在它们身上打磨出独特的气质。

桫椤

2021年11月19日

滴滴皆珍贵

一连几天在新加坡划赛艇，碧海蓝空，激浪天下。一划就是15千米，酣畅淋漓。我能你也能！

哪怕是与别人的第一次合作都很顺畅。对方问我：“专业的吗？”我双手一摊，显出手掌上的老茧。

赛艇训练基地设在雨水收集系统水库，优雅平静。新加坡对水的管理，让人震惊。它的国土面积很小，但人口密度高，居世界第二。因而资源尤其水资源非常少，人均拥有量居世界倒数第二，喝水需靠邻国。

刚建国时，他们和马来西亚签了个100年的供水协议，这意味着：命，握在别人手里。用李光耀的话说，“在活命水面前，其他政策都得下跪”。

怎么办？新加坡的方法是，绝不浪费老天爷赏的每滴水，境内本土的雨水98%都采集入专门修建的系列蓄水池，水通过集水区收集流入蓄水池，再输送到水厂进行净化处理转化成工业和生活供水。使用后的污水，就再收集、再净化，变成饮用水。

他们还建立了一整套制度规范。有个故事很有意思，说有个外国游客，下了出租车就随地扔烟头。警察说：罚200新元。

新加坡植物园的金嘴蝎尾蕉，株型似芭蕉，花序长而下垂，花姿奇特，花色艳丽，是高级垂吊切花材料，优良的园林绿化植物。另外，由于花形似挂鞭炮，在春节，东南亚华人喜欢将其挂在门上，增添喜庆色彩。

金嘴蝎尾蕉

晨，雨，深潜新加坡赛艇班出发了，风雨无阻

于是游客一脚把烟头踢进了下水道。警察说：罚 500 新元。因为下水道的雨水是要收集处理后作饮用水的，所以更得重罚。

环境清幽的蓄水池，成就了生机勃勃的城市绿洲。根据世界水资源机构评估，新加坡每年的“水量流失”只有 5%，是全球失水量最低的国家，新加坡政府公用事业局也因而被列为全球最佳水务管理机构。就我的观察，新加坡会成为水务技术出口大国。这不就是低碳环保、循环经济吗？

学习新加坡好榜样！

2021年11月25日

任意翱翔

回到中国。2021年作为起始，我们成功穿越了三座城市。百城的目标，有待来年的5月，再度展开。

隔离第一天：在想象的空间翱翔……

绿色空间

新加坡植物园的大野芋，一种美丽的绿色草本植物，四季常绿，生命力顽强，天南星科芋属。

要小心，它的茎与叶子中含有的汁液以及根中的黏液都含有毒素，不小心食用后就会中毒，汁液与人类皮肤接触，会对皮肤造成严重损伤。

误食了咋办？尽量呕吐，再送到急诊室洗胃！

大野芋

America

第二站

美国

2022年5月4日

走亲访友

从上海出发，入境纽约。按照惯例做足了准备，进关审核的电子版、纸面版的核酸、疫苗、律师函、邀请函……到了之后，没扫任何码，移民官员问我："这次在美国待多久？"答："两个星期。"于是就通过了。入关的大厅排满了旅客，大概是移民局人手不够，没有功夫细细盘问吧。在候机厅转机再前往华盛顿，乘客乌泱乌泱，约七成都没有戴口罩。

美国华盛顿是2022年国际运河穿越的第一站，今年，我将继续领衔这项行动。与去年相比，今年我们受到深圳国际交流合作基金会和世界运河历史文化城市合作组织（WCCO）的大力支持，此行不仅要借赛艇宣传运河文化和环保主张，还期望凭赛艇建立中外运河城市的民间交流管道。

旅途中，我们会邀请各地的企业家、运动员、文化人物和青年学子共同参与，并与各国气候变化领袖、企业家、中国使领馆官员会晤，共同探讨推广低碳环保、运动健康的生活方式。这次向外走，有这么多的人要见，真让人有走亲访友的感觉了。

2022年5月5日

变革西洋景

清晨5:30，一路驱车前往波托马克河国家森林公园。波托马克船艇俱乐部（Potomac Boat Club），一家有159年历史的赛艇俱乐部，就坐落在河畔。邻居是乔治城大学，附近有白

泛舟波托马克河上［左二为黑暗跑团创始人程益，右一为俱乐部主席 Lena Wang，右二为黑暗中对话（中国）创始人蔡史印］

宫、国会山、林肯总统纪念堂、方尖碑……

第一天下水时，天气晴朗。阳光下河水缓缓流淌，野鸭在嬉水，河面上训练的艇只穿梭逐浪。我、俱乐部主席 Lena Wang、黑暗中对话（中国）创始人蔡史印和黑暗跑团创始人程益，四人双桨泛舟 8 千米，一气呵成。

赛艇是一项起源于西方的运动。每年的 3 月底到 4 月中，英国最有名的牛津大学和剑桥大学的赛艇队会在河上进行赛艇比赛，气氛可算是“剑拔弩张”。从 1829 年起，这项校际赛艇比赛已经有近两百年的历史，激烈的对抗事关两校的荣誉，甚至为此还发生过沉船事故。这项赛事在英国乃至世界都备受瞩

赛艇归来

目，因为在英国精英大学的传统中，学生不但要品学兼优，同时也需要擅长体育。这源于古希腊，古希腊人追求“卓越”，除了“爱智慧”，也追求强健的体魄，哲学家柏拉图就是出色的运动家。

波托马克船艇俱乐部的现任主席 Lena Wang 是位变革意识强烈的美籍华裔女性，变革之一就是她鼓励少数族裔参加由白人占大多数的赛艇运动。

多年前，我也有同样的感受。进了剑桥的赛艇校队，却发现黄皮肤黑眼睛的面孔非常稀少，以至于别人看到我就好像看动物园的猴子一般。于是，我开始组织在哈佛的中国博士生成队来划赛艇，之后又在剑桥成立深潜营，鼓励中国企业家来参与。除了中国人，还联系了中东的阿拉伯人和非洲的黑人等，找到他们的学生会主席，邀请他们一块来划。时至今日，赛艇已经不再是“西洋景”了。去年我就看到，一路上几乎两三条船里就有一条船上有中国人，同岸上的我们打招呼。今昔相比，区别不可谓不大。

攀岩技术的兴起可追溯到 18 世纪的欧洲。20 世纪中叶，攀岩成为一项独立的运动项目，当时的攀岩以自然的岩壁为主。1983 年，法国人发明人工岩壁后，攀岩运动完成了其萌芽到发展的过程。1987 年，中国登山协会派遣登山运动员到日本学习，被视为攀岩运动引入中国的标志。2020 年东京奥运会上，攀岩运动被正式纳入比赛项目。

目前亚洲国家的攀岩水平，日本第一、韩国第二、中国第三。

我在力推赛艇运动的同时，在中国及亚洲也推动攀岩运动。

到达华盛顿 DC，先来到一座郊区岩馆，这里的岩壁规模大过国内任何新老岩馆。攀岩者自小孩到老年人均有，一派活跃、自然。攀岩的路线丰富多彩，但岩有点年头了，所以镁粉必不可少。首次在美国攀岩，选一条 V5.10C 热热身，之后抱岩。按赵雷教头的提示，不追求难度，V1 始，四条 V3 止。和我一块的高律师是第一次观摩，评论道：“抱岩就像是一个人在解数学题呀。”观察到位。

攀岩（摄影：洪海，2022 年 5 月）

2022 年 5 月 6 日

700 万美元的运河

穿越继续，波托马克河美中健儿赛艇竞逐！第二天赶上了阴天，风吹浪起，正好遇上两位美国国家队运动员一同训练，八个人第一次上艇合作，依然稳健、默契。

华盛顿特区有一条古老的运河：切萨皮克及俄亥俄运河（简称 C&O Canal）。它与著名的波托马克河平行，全长近 300 千米，其中一段运河从华盛顿西区的乔治城穿行而过，两边是保留着历史特点的民居，也是当地的观光热点之一。

幅员辽阔的美利坚合众国立国，要发展经济就必须将广阔的内陆与大西洋连接，但从中部五大湖唯一能够进入大西洋的天然水道掌握在加拿大手中。要自力更生，只有立足国内开挖人工运河。

那么，美国最著名的运河是哪条河呢？

不是密西西比河——密西西比河是美国最大的河流。就像我们不把长江说成运河一样，密西西比河和亚马孙河都不是运河。

美国最有名的运河是伊利运河（Erie Canal），它也是全世界第二大运河，第一则是巴拿马运河（Panama Canal）。

伊利运河和五大湖是有关系的。阿巴拉契亚山脉纵跨在大西洋与五大湖之间，此间几乎不存在东西走向的天然河道。1810 年，美国组建运河筹备委员会，经过实地勘测后，确定了从五大湖中的伊利湖向东挖掘至哈德逊河的方案，因此称其为伊利运河。预算开销达到惊人的 700 万美元——要知道，美国购买阿拉斯加也不过花费了 720 万美元。

运河全线开通以后，密西西比河上游的船只可以通过五大湖进入伊利运河，继而进入哈德逊河并驶入大西洋，而入海口处的纽约一跃成为美国乃至世界的第一大港口——不仅是贸易的运转地，也取代英国伦敦成为全球经济金融中心。无数的工厂和商业资本也从大西洋沿岸进入五大湖地区，使其开始向现代工业化挺进。五大湖工业区迅猛发展，成为北美主要的制造业基地，匹兹堡是钢都，底特律是汽车城，克利夫兰是重型机器制造业中心，芝加哥则是五大湖最大的工业城市、铁路枢纽中心。

很可惜的是，这条运河也在衰落，其功能已基本被高速公路、铁路取代了，逐渐成为旅游景观。不过，我相信，随着碳中和时代的到来、经济时代的到来，伊利运河一定还会重新焕发生机。

2022 年 5 月 7 日

扛煤气罐的亨利 · 保尔森

到了芝加哥，有一重要行程，就是拜会亨利 · 保尔森。

保尔森是老朋友了。记得第一次与保尔森见面，是 2004

窗外，芝加哥五大湖湖景

年。那一年，我受刘晓光的邀请，与一批中国企业家共同创建了民间环保组织阿拉善 SEE。SEE 要与当时美国最大的环保组织之一大自然保护协会（The Nature Conservancy，TNC）在人民大会堂签署战略合作协议，聚焦于生物多样性和气候变化主题进行合作。在签约时，我见到了保尔森先生，当时他是高盛投行的董事会主席，同时也是 TNC 的主席。那个时候，关注生

与保尔森夫妇在深圳红树林

态环保的华尔街投资家还不多见，所以保尔森先生显得非常特别，也在中国引起了关注。

和保尔森签订协议之后，就和他建立起了在环境生态保护领域的联系。事实上，在这么多年与TNC合作的过程中，让我们学习到了很多环保公益组织管理的经验，收获非常之大。现在，阿拉善有将近1 000名会员，资助了超过900家草根组织。

之后又与保尔森夫妇在北戴河见过面。当时参加国经中心组织的会议，正巧保尔森和他夫人温蒂也是与会嘉宾。于是我们三个人就在清晨的滨海湿地公园散步，边走边谈，一致认为在中国推动政府与民间 NGO 合作来保护生态，是符合国情的。聊了一整路，越聊越有共鸣。

温蒂是一位鸟类保护专家，多年来不遗余力地在环境保护上下功夫。他们夫妇俩有着对鸟类及动物的共同兴趣。后来深圳企业家成立了红树林基金会之后，我便特别邀请他们夫妇来参观。温蒂非常高兴地接受了邀请，做红树林基金会的专家顾问，提供在湿地保护方面的建议。深圳的红树林保护和公众教育也正是政府交给民间 NGO 来管理运营的一个成功案例。

保尔森被小布什任命为财政部长是 2006 年 7 月，那年我组织阿拉善的环保生态企业代表团访问美国。到了华盛顿，他便在他的办公室接待了我们。

之后 2012 年，我受邀加入世界自然基金会（WWF）美国董事会。当时保尔森已经从财政部长的位置上退下来了，由于其本身在公益环保方面是一个领袖人物，于是他在芝加哥大学成立了保尔森中心。一年至少有几次，我会到他那儿去聚会。

2013 年，保尔森基金会和清华大学联合在国内发起了“保尔森可持续发展奖”，表彰中国境内具有创新性、可复制性的兼具经济和环境双重效益的解决方案。我也被聘为保尔森公益基金的评选委员会的评选委员，有许多机会实地考察参评企业和项目，看到了推动绿色环保商业化的创新方法。保尔森奖如今是可持续发展领域最具影响力的国际奖项之一。

这一次，保尔森邀请我到他在伊利诺伊州库克郡的家中做客，那是他父母留给他的一个农场。农场非常大，是私人的，

与保尔森一起散步交谈

但是却和当地的州国家公园连接在一起，没有围墙，一切都对外公开，让游客参访，成了一个绿色的共同空间。只有保尔森夫妇，两位八十多岁的老人住在那里。孩子们长大离家倒也正常，然而连帮忙的农工、佣人或厨子也一概都没有，就让人觉得稀奇了，家中大小事情都是他俩亲力亲为。庄园里也没有添任何新建筑，保留着与当地农村住房一样的环境。此外有一个很大的花园和菜园，也是他们自己在打理。

一边聊着天，一边准备做饭，突然保尔森说，煤气用完了。于是他就自己扛起一罐煤气罐，准备换上。毕竟八十多岁了，手脚并不很利索，我下意识地想上前帮帮他。结果他立刻表示不用帮——自己动手做这些事，他们已经完全习惯了。

说到运动嗜好，保尔森中意户外垂钓，室内则用划船机健身——划船机是他女儿送给他的生日礼物。意趣相投，我也来试练练。

这样一个出身富裕家庭、曾任投行董事会主席、当过财政部长的风云人物，到如今，选择的竟是这样一种简朴而环保的生活方式，这是完全出乎我意料的，也不禁让人思考成功的定义。当“拥有财富”“实现自我”等等目标都达到了之后，我们还当如何？是否能够回答这个问题——我们生活、工作、奋斗的最终目的是什么？当离开这个世界时，生命的意义何在？

我把我这次来美国的缘由和目标讲给保尔森听，他感慨说：“你这样做有点像《阿甘正传》。”这个比喻很有意思，电影里的阿甘是个不起眼的小人物，但是他却能让许多人纷纷跟随参与他，是一种赤诚让他对世界产生了影响力。

阿甘如有中国版，那就是愚公移山了，通过自己的精神号召感动更多的人，甚至感动了神，从而把挡在门前影响交通的山搬走了。我想，真正改变世界的力量，实际就在于我们每个人都参与其中。

此次到访，我们能聊的话题太多了。保尔森目前正在推动TPG气候投资基金的扩容，我也在港交所推动绿色低碳领域的SPAC。在中美两国公益环保使者、企业低碳ESG合作、绿色金融等领域，我们都有很大的希望展开合作。

窗外，波士顿剑桥镇

2022 年 5 月 9 日

人生的快与慢

我到了波士顿。按惯例，清晨，与李基铉、哈佛大学华人赛艇队一起，由美国社区赛艇俱乐部（Community Rowing Inc.，CRI）下水，在查尔斯河上畅划了 8 千米。

美国社区赛艇俱乐部是一家成立于 1985 年，由美国赛艇国家队前队员创办的非营利组织。CRI 致力于通过赛艇的团队合作、自律精神和体能训练促进个人及社区的成长，口号是“划

37

历史上首支哈佛中国学生的混合八单赛艇队参加查尔斯河赛艇大赛（Head of the Charles Regatta）（摄影：洪海，2018 年 10 月）

船改变生活”（Rowing Changes Lives）。依靠卓越的组织运营能力，CRI 已成为美国最大的赛艇俱乐部，过去三十多年中，培训了超过 3 万名赛艇爱好者，如今每天有近千人在俱乐部训练。哈佛大学华人赛艇队是在深潜的支持下，于 2017 年 10 月正式成立的队伍，至今已有来自设计、工程、能源、医学等领域的 50 多位桨手接受了训练，并参加了多项重要比赛。

上午，我又回到了哈佛。5 月的空气温凉，不似 2011 年我初到时那般料峭。

年轻的时候，我是兰州铁道学院的工农兵学员。那个年代的中国，师资水平有限，学生的素质也参差不齐，所以能受到的知识训练不够扎实。我一直都想补这个课，加上改革开放，便一直想留学海外。然而种种原因未能成行，这个念头一直到 50 岁才慢慢打消。

2009 年开始，我接受香港科技大学商学院的聘请，作为客座教授给学生讲课，一讲讲 3 天，15 个学时。反响很不错，同学们都爱听。第一年结束了之后，又连续合作了下去。虽然课程很受欢迎，但我自己知道，我不仅备课吃力，讲得也很吃力。因为我是一个特殊人物，讲讲自己的经历和故事是很引人入胜。但学生们毕竟是在商学院接受训练的，我想要真正在商业方面作出值得倾听和借鉴的总结，让同学们有所获得和思考，是很难的事情。于是心里面想要再读书的念头，又悄然萌发了。联系了国内的一些知名大学，他们都当我开玩笑：“你怎么还当学生？你来就是当老师的。”

在哈佛公寓（摄影：洪海，2011 年）

后来哈佛的中国基金项目主任在一个餐桌上提出来，问我有没有兴趣到哈佛当访问学者，短则三个月半年，长则一年。我当即就决定，去一年！就是想出去接受基础的训练，来补足自己的短板，寻求自身与万科发展的答案。

于是我跳过了 2011 年的中国新年，带着开口只够应付酒店入住的英语水平，来到了寒冷的波士顿。在那里度过的日子，现在想起来依然觉得非常痛苦，我常常用“如入炼狱”来形容。首先面对的就是语言关。虽然能借翻译机器的帮助，但是我想，要和西方打交道，能直接对话是很重要的，所以第一学期的周一到周五，上午8点半到下午1点，我都泡在语言学校里，后来甚至连周末也安排了交际语言训练。其次学术上，那几乎是没有自信的，怎样入门也不大清楚，只能硬着头皮跟着老师走，听讲座啃笔记。每天都要学到凌晨三四点才不得已躺下睡觉，但神经还是紧张，不住地想8点就要上的课，窗外扫雪车的声音总在这会儿响起，叮叮当当的。

去的时候，我的行李箱里装了冰刀、冰爪、羽绒服，还有20千克的飞行伞的伞包、头盔、飞行靴、飞行服，还有两块滑雪板。这是我前十年的生活状态，当时是想着既然到哈佛去学习了，那就有寒暑假，双休日也可以来用，所以就全副武装地去了。结果，我只滑过两次雪、飞过一次伞、走过一次山路——到此为止了。

一年之间，我的生活完全改变了。在身心挣扎中，我逐渐体会到智识进步的愉悦，于是再学一年的决定很自然地出现了，继续一种近乎“隔绝”的状态——每天公寓、图书馆、教室三点一线；一个墨西哥卷切两截，午饭一段晚饭一段，不敢因为吃饭耽误时间。

也是在第二年，我开始了“江户时代日本工商阶层的社会地位”的课题研究，指导老师是著名学者傅高义先生。其实他已经退休了，但巧的是他住的地方离研究中心很近。于是经介绍，我去找了他。听说我是从广东深圳来的，傅先生特别高兴，改革开放之后他在中国实地田野调查的第一站就是广东。他从书架上找了半天，找到他在20世纪80年代的时候出的一本小册子——《先行一步：改革中的广东》，送给了我。我和他谈了谈我的研究，他就破例来指导我。

我们每次在一块对话都很有意思。他会讲中文，但不像日文那样那么流利，而我的英文是磕磕巴巴，所以我们俩对话总是一会儿英语一会儿中文，一会儿中文又一会儿英语。那会儿他虽然已经八十多岁了，依然在做许多非义务性的讲演和交流，勤勉非常。

我在美国研究日本问题，没想到的是，美国的学生感兴趣的却是“中国的古典道德与政治理论”。那会我选修的其他课程都不过十几个人，这节中国传统哲学课却极为热闹。显然，中国的传统文化与经济发展模式已经得到了西方社会的正视。教授这门课的普鸣教授相信，在这个巨大不确定性的时代，中国哲学中蕴含着具体的、革命性的理念能指引人们继续前进。

我是因为对西方不了解才到西方去，来了却发现自己对中国也不够了解。这种思想互相对照的经历对我帮助非常大，启发着我关于日本、中国的比较文化研究——明治维新和洋务运动之前日本和中国都发生了什么？为什么同样西方的文化、西方的入侵，明治维新成功了，中国的洋务运动失败了？

离开哈佛后再回去，心里总是感觉不安。原来一直想着要出点成果，出一本书或者心里有个答案。然而书没能出，答案也不明确，我带着什么回到哈佛呢？心里觉得没法交代。

我自己总结自己，还是比较浮躁。最早的三年留学计划（哈佛一年，伦敦政经一年，伊斯坦布尔、以色列各半年）是浮光掠影的。最后虽然在哈佛待了两年半，但还是离开得太急，应该要扎扎实实待上四年。因为实际上一换学校，氛围也整个地不同了。到剑桥之后，我的课题变成了与犹太人相关，在图书馆阅读大量二战后缴获的日军军部文件的收获虽然很大，但也不再是基础的训练了。

真的回去之后才发现，是我太在乎自己了。哈佛没有在等待我的结论，它就在那里，而我从它那里得到的东西，语言能力、阅读速度以及对西方的了解，等等，就此留在了我身上。

如今 11 年过去了，我一步一步走来，心里坦然而自信。我知道如何认知自己，认知自己与社会的关系；理解文明，理解中国正在发生的事情；对自己的身体更有把握，不再那么容易发火，收放自如地处理自己的饮食、休息甚至人际关系；在判断和处理事情时不易动摇，坚定得多了；尤其在这次全球运河穿越中，我真的感到自己融入了，成为一名世界公民……无数潜移默化的改变，由岁月塑造，在哈佛发生。

此行既要走亲访友，便受哈佛中国论坛邀请，与波士顿地区 4 所高校的 70 多位华人学子座谈。面对这么多年轻人，我完全不觉得有隔阂，反觉得与他们共享着求学和进取的热情。会上，我分享了自己第二次创业的心路，及对人生不同阶段的回顾与思考。

2020 年 9 月，中国明确提出了 2030 年“碳达峰”与 2060 年“碳中和”目标。我一听到这样的消息，就立刻意识到，中国已经进入“双碳”经济时代了。如同冲锋号在老战马的耳边响起，我知道我一定要创业，要投入市场中。并且非常清楚的是，不再只是公益环保了，不是 ESG 了，而就是在这个转型当中存在着一个巨大的商机。我在绿色地产酝酿了二三十年的经验、对低碳的先锋认识、推动环保的决心，都汇聚在这个机会前。所以直觉反应就是：如

2020 年 9 月 22 日，国家主席习近平在第七十五届联合国大会一般性辩论上表示，中国将提高国家自主贡献力度，采取更加有力的政策和措施，力争于 2030 年前实现二氧化碳排放达到峰值，努力争取到 2060 年前实现“碳中和”。

碳中和是指国家、企业、产品、活动或个人在一定时间内直接或间接产生的二氧化碳或温室气体排放总量，通过植树造林、节能减排等形式，自己抵消自己产生的排放量，实现正负抵消，达到相对“零排放”。

果我不介入参与中国的低碳经济转型，那真是对不起自己。

20 世纪 80 年代初次创业的时候，我发现我手下的团队不理解我的很多想法，其中甚至包括我的副手。既然不明白我为什么要这样做，当然也就不知道怎么做。所以我总是手把手地教，做给他们看，然后让他们跟着，就这样慢慢地带着团队往前走，把他们培养起来、带动起来。我深知这是必要的，一个人即使再能干，像“八爪鱼”一样，一天也就只有 24 小时。只有把团队培养起来，再建立起制度，才能把事情推进下去，把品牌树立起来。

现在，我发现境况与当年如此相似，我招来的新团队还是跟不上我的想法，就好像一个轮回一般，35 年一个圈，又转回来了。当然，我对万科现在的队伍状态很满意，只是现在我手下的人还需要我来指引新的设想，来展示新的做法。

我发觉还是我走在前面，我来告诉团队碳汇、虚拟电厂、微电网这些概念，我来推动碳中和社区的设计与落地；我在努力带着他们往前走，我在积极向外寻求先进的经验。比如我到松下和丰田考察，去了解日本政府所着力的氢能源研究应用的进展。当然，一去才知道，做电子设备出身的松下，其实在低碳社区建设方面的经验是很缺乏的，于是我们之间断了二十多年的合作一下子就连接上了。

不过，尽管有相似，毕竟还是不同。到了这个年纪的我，在行业经验、国际资源等方面都已经有了积累，我自己的影响力也不是当年可比的了。这些一路走来的印记，都不知不觉地成为二次创业的准备工作，让我整合起不同的领域与资源，从而帮助我在转型之际探索出既符合中国国情又符合商业规律的解决方案来。

留学生们纷纷在全球运河穿越行动倡议旗帜上签名

眼前的面孔都如此年轻，让人不由怀想起自己的过去，那会儿总是感忧人生苦短，时间不够用。然而真正过了 70 岁这个年龄了，反而觉得人生还很长，我还有很多余裕和机会思考要向哪里去。总说迭代迭代，这都快要到元宇宙时代了，我却发现我还有价值。

我当不了年轻人的榜样和示范，他们才是未来，我能给青年人的建议是：“当你不知道如何选择的时候，不妨多走多看，不要着急。”走得不快，不代表就是慢。只要把握好方向与节奏，每一步都是在为了长远的道路蓄力。万科推行住宅产业化、推行绿建是如此，我推行运动健康、推行碳中和社区亦是如此。

2022年5月10日

赛艇不设限

深潜“全球运河赛艇穿越行动”的第四站，由著名的查尔斯河赛艇大赛创办机构——剑桥赛艇俱乐部（Cambridge Boat Club）组织开展。艇上成员包括我、李基铉、查尔斯河大赛主席 Fred Schoch、CBC 前俱乐部主席 Nigel Gallaher 等八位桨手。清晨的查尔斯河在阳光的笼罩下闪着金色的光芒，一条汇集了东西方赛艇领袖的八单穿梭其上。

查尔斯河（Charles River）是马萨诸塞州东部的一条长约192千米的河，源自霍普金顿，向东北方流过23个镇、市后，在波士顿注入大西洋。它沿途最知名的风景是大学——哈佛大学、波士顿大学、布兰迪斯大学和麻省理工学院就坐落在河边。它同时也是世界各地赛艇桨手心目中的“圣地”。在每年的查尔斯河赛艇大赛上，会有上万名赛艇手、几千条艇只来参赛，规模堪称世界之最。参赛桨手年龄下至14岁上不封顶——只要你有能力和意愿来，胜者将获得“Head of Charles”的荣誉称号。

当满头银发的长者在河面上穿行时，尤其能体会到人们常说的那句话：“赛艇是打破年龄限制的运动”。这一次，我们也一改前天哈佛大学华人赛艇队的年轻氛围，船上坐满赛艇“老玩家”，他们大多拥有30年以上的赛艇经验，其中包括担任舵手的前美国国家队队员 Alden Zecha。

自2016年开始，深潜每年都会参与查尔斯河大赛。2018年，6支华人参赛队伍中有4支深潜系参赛队，以及1支深潜资助的哈佛华人学生队，共51人的参赛总人数创下了华人参赛人数的历史纪录。

查尔斯河 9.2 千米八人艇穿越

查尔斯河大赛主席 Fred Schoch（右二）、CBC 前主席 Nigel Gallaher（左一）赠书于我

2022年5月11日

生物圈三号

到华盛顿的第一天，我就拜会了秦刚大使。交流中，感受到秦大使很是关注中美两国共同应对气候变化的进展；也很欣赏百座运河城市穿越行动，支持中美企业家在碳中和领域的共同行动。更让我感到意外的是，我要会见的环保领袖和企业，大使都很熟悉。谈到纽约行程有高盛投行时，显然，秦大使和高盛总裁约翰·沃尔德伦（John Waldron）有交往。当他知道安排会面的不是约翰·沃尔德伦时，秦大使即刻表示："我给他去电话，你们会有火花碰撞。"

没想到，当晚便收到了一封电子邮件，是秦大使发给高盛总裁的副本，信中介绍了万科在绿色建筑上的努力以及深圳大梅沙碳中和社区项目。来自秦大使的背书，令人倍受激励！

离开华盛顿 DC，一路走访了芝加哥、波士顿和纽约的很多企业。交谈中，感受到秦大使在美国商界的极高声望，也感受到美国工商界对秦大使脚踏实地、积极努力的正面回应。

在纽约高盛总部，如约和总裁约翰·沃尔德伦先生会面，原计划一个小时的会面改为工作早餐，时间延长了一个小时。我详细介绍了深圳大梅沙万科中心的碳中和项目，预计 10 月一期完工，将实现 83% 的综合节能率及 92% 的减碳率；光伏每年预计发电量提升 3 倍，提供 85% 的建筑用能……

我注意到，约翰总裁的注意力十分集中，眼睛里有光。

就在餐桌上，他即刻建议将大梅沙改造工程作为碳中和可持续案例推荐给国际金融论坛（IFF）全球年会，同时邀请我加入绿色金融工作（GFWG）的筹备小组。这个工作组由全球知名企业的 CEO 组成，主要目的是汇集企业可复制、可规模化的创新低碳转型案例。

对我而言，这个邀请在意料之外，但又是在情理之中。感谢万科团队持续创新的精神和积累的信誉，也感谢秦刚大使的支持。

中国改革开放四十多年了，四十多年间与世界建立起来的联系，已经产生了深远的意义。面向碳中和的目标，应对全球气候变暖，将是一项超越意识形态的全球联合行动。如今，不仅仅是中国需要世界，世界也在期待与中国的携手。

纽约见面的半年后，在 IFF2022 年全球年会上，中国深圳大梅沙万科中心“生物圈三号”碳中和社区案例，作为唯一一个房地产行业的低碳转型案例，入选了大会白皮书。

2022 年 5 月 12 日

纽约之最

在洛克菲勒中心大厦眺望圣帕特里克大教堂。双塔顶教堂线条简洁，整体灰色，古朴典雅的哥特式建筑，始建于 1815 年。

这是纽约最大的天主教堂，也是当年梵蒂冈大主教到美国讲经布道的地方。

1790 年，美国天主教教徒有 3.5 万人，仅占总人口的 1%。因为人数少，政治上的发言权很低。直到爱尔兰天主教徒的到来才有所改变。1860 年，爱尔兰天主教徒移民共有 160 万人，占美国天主教教徒总人口的 72%。

1920 年，经过一百多年的发展，美国天主教教徒总人口已经达到 3 360 万人，是天主教人数最多的时期。阿尔弗雷德·史密斯在 1928 年参加总统竞选，却遭到美国主流媒体的残酷嘲笑以及惨败。这时，美国天主教徒才认识到：原来，我们还没有被认可。

这一状况一直持续到肯尼迪的出现，作为第一位天主教总统，肯尼迪被认为是美国文化认同的象征。

离开纽约，我又坐红眼班机去英国。后疫情时代，去机场的路上一路畅通，只是安检排起了长龙，几乎误机。

在查尔斯河划赛艇的同队队员感染了奥密克戎，我也成为“密接者”。得到建议：请注意！于是进行了快速的 PCR 自查，15 分钟后，显示阴性，行程继续。

窗外，圣帕特里克大教堂

the United Kingdom

第三站

英国

2022年5月13日

剑桥的长篙

又回英国剑桥。2014年在剑桥开深潜创新班时，学员每天早上5：00起床，5：30骑车到剑河，6：00呼吸新鲜空气，开始赛艇训练……一直持续到2019年，因疫情戛然而止。2022年的5月天，骑上自行车，再次在剑桥开始新的一天！

5月的剑河，又让人想起徐志摩的诗："轻轻的我走了，正如我轻轻的来……"徐志摩的《再别康桥》，让剑桥大学在中国的名声大过牛津。诗人心中的剑河如梦似幻，美好易碎，景与情难分难解。遥想那个年代来到剑桥的中国学生，学成都是要回去报效祖国的，留在那里的不多，所以确实是"悄悄去悄悄走"，何曾声张什么呢？再说"寻梦，撑一支长篙"，实际上到那才知道，撑篙在剑桥是有着300年历史传统的，为游人撑篙的人多半不是徐志摩，而是课余挣学费的本地学生。这么多年过去了，现在的感觉已然大不相同。再看剑桥的中国人，都是非常优秀的学生，完全是堂堂正正地来，身上带着文化的自信，与这里的人往来交融，再堂堂正正地走。

我说在哈佛是如入炼狱，在剑桥则是如沐春风，这也是相对而言，到了剑桥我的语言也没有很通畅，研究依然不容易，那日子过得……只是不像原来那么神经紧张了，多了些熟悉与松弛。

疫情至今，剑桥也恢复了活力，标志之一：口罩不见了。

说起在剑桥最不能忘怀的事，还得是那个自行车车座的故事。

我在美国不骑自行车，因为就住在校园里，到哪里都是步

窗外，剑桥，早！

行。但是到了英国之后，住的地方离学院走路要走 20 分钟，所以就买了辆车。没想到，在剑桥也有偷车贼，前前后后盗了我两辆自行车。到了第三次的时候，我有了防范心，谨慎地把车锁好。结果，人家干脆把我车座给拔下来顺走了。

我发现的时候，真是恼火极了。因为虽然丢了车座，但还不能不骑——眼看上课就要迟到了。骑吧，你想想骑个没车座的自行车是什么样，该坐着的地方现在就一根杆，真是骑得特别别扭。这时候我就恨不得马上找一个别人的自行车车座，拔下来，安在自己车上。正好是在晚上，谁也看不清谁。我边这么想，边瞄停在路边的车，但发现很多车座都必须用螺丝刀才能拧下来，一路上也没找到能直接拔走的，而且，旁边还总是有人在。

我真是情不自禁啊，就想着拿别人的车座为我用。可以说是意识上已经犯罪了，动机都有了。但最后当然还是没有采取行动，摒弃了这个邪念。

事后我总是想，一个人要犯罪是多么容易——就是一念之差。虽然偷车座是小罪，但是犯了小罪就可能犯大罪，能拔一个自行车车座，接着也能把人家的自行车骑跑了。

这个经历我总是会时不时地想起，讲出来还有些好笑，但我想好笑里有哲理。每个人身上都有善恶的两面，在我身上也是如此体现出来了。而人之所以为人，就在于遇事而起的每一次斗争与选择。

全球穿越来到第二个国家，英国。这也是一个有运河网的国家，在工业革命之前，它的运输主要是靠运河。英格兰运河最初是在古罗马占领时期使用的，用于灌溉，另外罗马人还创造了一些通航的运河，连接河流运输。随着工业革命对运输的需求，开凿运河是工业革命步伐的关键。运河船可以运载大容量货物，对易碎物品也要安全得多，且运费便宜。布里奇沃特运河开通后，煤炭成本下降了75%。

早期的运河围绕着丘陵和山谷的轮廓而建，后来的则变得笔直。洛克人在上下山路上挖运河，大步跨过更高和更长的渡槽上的山谷，并穿过更长和更深的隧道中的山丘。19世纪中叶开始，铁路开始取代运河，结束了运河不到百年的辉煌历史。现在，全英国约有7 600千米的可通航运河和河流。其中4 345千米是已连接系统的一部分。

如果你去过莎士比亚的家乡斯托福特，你一定会纳闷为什

英国剑桥岩馆，专为抱石设计的，同彭立博士一起切磋，情趣相投。

彭博士读博期间喜欢上攀岩，用他的话来讲：写论文疲劳时，攀岩是最好的调剂。

剑桥岩馆

剑桥苏塞克斯学院的紫藤爬满墙头。紫色给人一种忧郁的感觉，像是惦记远在他方的亲人就近在眼前，格外思念。紫藤花带给人的不仅是美的享受，更是情感的触发。

紫藤（豆科紫藤属），落叶藤本。茎左旋。

紫藤

么这么小的地方能出这么大的文豪。实际上，莎士比亚的家乡斯托福特虽小，但不偏僻，是运河网上的周转站。可以想象，当年这里不仅是经济往来的枢纽，也是人员、文化交流的场所，这才酝酿造就出了莎士比亚这样的大文豪。有一个基金会专门在莎士比亚的家乡建了一个运河公园，我曾不止一次去那里。

其实，回过头想想，中国何尝不是一样？四大名著里有三本都与运河有联系。运河在各国的文明里，都不仅仅承担着运输、交通、经济上的功能，更重要的是，随着有形的物质的输送与交换，人文、思想等也得到了互通与交流。

2022 年 5 月 14 日

从自我到无我

当年选择海外留学，首先是特别想要静下心来，不受干扰地学习。再者，也想远离中国这样的一个大舞台，让聚光灯不要再聚在我身上，转到郁亮身上最好。

在校园里，能很清楚地分辨出两类不同的人，步履匆匆的，就是老师和学生；慢悠悠的，就是游客。过去讲日本人、中国香港人步子很快，到美国我发现高校里的学生和老师，那脚步也都是快半拍的。

我在那里，去上课的路上也总是匆匆忙忙的。有时候正走着，会听到一声“王总”，我下意识回头看是不是叫我，就听人说：“就是就是。”然后人就上前来找我合影了。这样的次数多了呢，我再听到有人喊“王总”，就装作听不见，头也不回地接着走，接着就能听到他们小声说：“认错了吧？他可真像啊。”

来的人都是中国的企业家，专门跑到学校里来找我。我发现我还是没避开关注，反而引起了很多人的好奇，好奇我到底到国外干吗来了。

到了剑桥之后，人们甚至都开始组团来了，要见我，找我开座谈会。我一看这实在也不能回避了，索性我办个班吧，不仅给他们讲课，也让他们来体验我的生活，在这个过程中体会人应当如何来重新认知自己。班呢，可以像访问学者的时限一样，短的三个月、半年，长的一两年。结果来者都表示这样不行，没那么多时间。于是我想那就一个月，一个月学语言、听课、听讲座、划赛艇。这就是在剑桥开始的深潜营。

为什么叫深潜（Deep Dive）呢？很多人以为和潜水有关，其实不是。我想表达的是，人在前进过程中要学会停下来，潜下心来、深入下去思考几个问题：你是谁？你往哪去？到底怎么去定义成功？已经忙得什么都顾不过来了，即使挣到了钱，还叫成功吗？许多人不太理解我为什么能这样安静地在校园里待着，我希望通过深潜来传递我对这些问题的理解。

而我的思考和答案，很大程度上是在划赛艇的过程中逐渐领悟的。深潜营选择以赛艇为抓手，正是希望参与的企业家们体会这项运动所蕴含的关于个人、关于团队合作的道理。

划赛艇，它真正带有挑战性的一个特点在于，它是一项讲究集体协作的运动，尤其是四人艇、八人艇，它对队员之间的合作要求是非常高的。从船头的领桨手，到中间位置担任动力引擎的选手，以及船尾的平衡手，每个位置上的选手都有着明确的分工，大家都在舵手的带领下共同朝着同一个目标前进。划的时间逐渐长了，我的能力和状态都变得比较老练，无论是单桨、双桨，双人、四人、八人，配合起来我都没有问题，都能比较自如地进入状态。

但是这样一个成熟的过程，是在心态的转变下才逐渐发生的。以前我在国内划赛艇，实际上总是以一个知名企业家的身份。加上万科的赛艇运动是我带起来的，到哪去出差，各地的万科队都很希望和我一起划。大家似乎都觉得，哎呀，王总来了就很难得了，来了就是一种号召力。那我当然也不免高高在上，禁不住想，我既然来参加了，各方面都应该是以我为中心，让我感觉舒适才对。

实际上赛艇上的每一个位置都很重要，整支队伍水平的高低往往取决于较低水平队员的发挥。什么意思呢？如果你是最差的，大家都要配合你，如果你发挥得还不好，那么整支队伍都会跟着受影响，最糟糕的情况可能就是连基本的平衡都无法保持。所以对我来说，最早的时候我都是和更厉害的人划，像是亚运会冠军，或者国际比赛的头几名，甚至是奥运选手，总是同这些高手一块。参加国际比赛，我都是出面打决赛的，也不太会认真地与队友合练。同艇的人要是水平比我低，我接不接受呢？其实是不接受的。因为这不仅要我反过来配合他们，还要被他们拖累，划出来的成绩也不成样子。这就是我以前划赛艇的心态。

到了剑桥以后，彭布罗克学院的院长也是剑桥大学的赛艇管理委员会主席，他知道我的赛艇兴趣，就把我安排到了校队里，与具备参加奥运会实力的队员一块划。他们几乎都有着13年的训练经验，和我拉开的距离太大了，这让我感受到很大的压力，很难让自己放松下来。于是第一次下水的时候，紧张的我怎么划都没能跟上其他队员的节奏。看到我如此不适应，教练便专门找到我，认真地告诉我说：“千万不要紧张，你的水

与深潜学员一同在英国剑桥大学赛艇俱乐部（摄影：洪海，2015 年 4 月）

平如何已经不重要了。既然加入了我们，就是我们团队的一员，我们完全接受你的现状。只要你划出最好的状态，那就是我们全团队最好的状态。”

一下子我就突然真的听懂了这个道理，赛艇的逻辑不是过去我所习惯的那种个人明星式的，它不是靠排除新手、云集高手来取胜，而是讲求合作精神，要所有人互相尊重和共同努力的。可以说，我过去那种关注自我的心态和做法，其实是没能领会到赛艇运动的品格，因而没能达到在团队中无我的境界，也没能享受到赛艇真正的乐趣。

在剑桥的训练很是密集和辛苦，然而坚持下来后我发现，在团队的氛围下我的能力提高得非常快。这种进步是以前从来没体会过，也不曾想象过的。在精神和肉体的双重变化下，我越来越被赛艇的美妙所吸引，与不同的人配合也越来越娴熟。到现在，如果和高手划，那我就尽力不拖累大家。如果和普通人划，那我就在领桨手的位置上凭经验来把握适宜的节奏，从而让他们发挥出最好的水平。这种影响和帮助别人取得成功的成就感，让人觉得无比满足。所以现在无论是何种情况，我划得都很畅快。

我还很清楚地记得，在完成“7+2”过程中，徒步穿越北极的时候，其中一个队员很明显地掉队了，差点走不到极点。之后再出发穿越南极时，我非常明确地拒绝这个队员再加入队伍，就是不希望她再拖累我。结果当时的登山队长和助手知道了我的想法后，反过来也拒绝了我的参队。这个矛盾搁置在我的心里，到我明了赛艇的真谛之后，才得到了对它的重新认识。当时我真的太计较自己的成功了，既然北极在一块，南极也应该在一块的。于是我写了一封公开道歉信，表明我当时的行为是不对的。

其实完成这个转变，对于我来说，是不容易的，也因此我觉得特别有意义、有价值。真正做到了以后，我从中的受益是无穷的，所以也很希望让更多的企业家来体会这一层道理。

深潜作为一个品牌，就是我在2014年成立的，并且我把每年的广告收入，差不多1 500万元到2 000万元，都投入了进去。但是可以这样说，深潜营的开展比办企业要难。到现在这么多年了，虽然中间因为疫情中断了，但也得有四五百人了吧？实际上并没有，目前是两百人左右。这就让我意识到两个问题：第一，深潜营属于成人可持续教育，和房地产、和去商学院讲课都不是一回事。它相当于办学校，要自己来招生、组班、搞培训，所以这完全是一个新的行业。第二，本身行业我就不熟悉，但前期还是比较自信，想着就这一套东西，大家来学习就行了。现实当然没那么简单，所以现在各方面我们都在改革和调整，比如成年人的时间相对没有那么集中，那就作分散，从原来的一个月改为国内国外各两个礼拜。

整个过程虽然艰辛，但成果已经非常丰富了。首先是人。很多深潜的学员都在过程中有所转变，最典型的比如王卫东律师。他原来在北京大学，后来去美国密歇根大学读了硕士，在芝加哥大学读了博士。在芝大法学院的时候，奥巴马就是他的老师。毕业以后在美国顶级的大律所工作了好多年，接着回到中国在北京大学任教，也是中伦律师事务所的合伙人。这样一个非常成功的法律人，在第五期申请加入了深潜。在赛艇上，很明显地表现出了他一开始的性格：事情都是他对，错误都是

2017 年，我与王卫东在艇上

别人的。之后慢慢地，他开始换位思考了，主动去和团队里的人磨合，这都是在深潜发生的。身体上，原来他体重有 200 多斤，到现在已经减了 40 斤了，养成了运动习惯，很积极地划赛艇、攀岩。这就是非常好的一个案例，许多变化已经且还在发生，我希望能推动更多的成功人士去体验，在过程中改掉自己可能会有的一些问题。

其次，设备上的投入非常扎实，深潜已经在国内的 13 个城市建立了码头、艇库、赛艇俱乐部，组织比赛那是一点问题都没有。这样做就不限于某个人群，而是将民间的赛艇运动都推动起来了。在民间宣传运动健康，一贯是我的大目标。我希望大家都有意识地保护和锻炼自己的身体。现代人都在强调快快快，生怕输在起跑线上，恨不得小孩还没出生的时候，在娘胎里就开始胎教，就怕掉队。这种状态在某种程度上当然是对的，中国改革开放的浪潮正起，所有人都要努力往前走，赶上去。但是另一方面，一直这样急行军、白加黑、5+2、停都不敢停的生活，不是人应该过的。在大家都非常焦虑的情况下，我希望能用运动为大家创造一个停下来思考的空间，在运动的闲暇里回顾自己的生活，从而更好地安排自己的时间。我 60 岁出去走了一遭，深切地体会到了这种停顿的意义，才找到了自己最好的状态。大家或许觉得我还是很忙，但实际上，赛艇、攀岩、阅读、与朋友交往、聊天，大部分的时间我都在享受。

国王学院是剑桥大学内最有名的学院之一，成立于 1441 年，由当时的英国国王亨利六世设立创建，因此得名。剑桥国王学院赛艇俱乐部（King's College Boat Club，简称 KCBC）也是英国最古老的赛艇俱乐部之一，已经拥有 184 年历史。深潜与它的合作自2016年起就已经展开，此行前来，亦是拜访故交，建立新的合作。

签约完成后，趁着阳光正好，开启英国站首划——剑河穿越。在舵手Theo von Wilmowski的引导下，共同在这条历史悠久的河道上穿梭，划过一个个狭窄的弯道，不时有各种野生动

在国王学院船屋前，剑桥男子赛艇队队长Oscar Wilson和深潜国际部主任李基铉共同签署合作备忘录

与身穿紫色队服的KCBC队员交流

清晨的剑河

物陪伴左右。

剑河上悠闲的天鹅家族，导游们都会非常津津乐道地介绍。这些天鹅属于王室，每年夏天都会有王室专员对天鹅进行盘点。这个仪式被称为天鹅标记活动。此传统可以追溯到 12 世纪。那时，英国所有的疣鼻天鹅的所有权都归王室，以确保在宴会上有足够的天鹅。如今，保护优雅的天鹅成了亲民联系的纽带。

英国的天气是一阵阳光明媚，一阵阴云密布，一阵淅淅雨水，冷暖就在瞬间，羽绒与 T 恤转换。赛艇后，来探望著名投资银行家、家族掌门雅各布 · 罗斯柴尔德老先生。雅各布是

与雅各布·罗斯柴尔德老先生在一起

第四代传承人，如何做好家族事业传承更是一个令人感兴趣的话题……

二战期间纳粹执政，因为家族是犹太人，饱受法西斯政权的迫害，财产被搜刮无数，金融帝国不再，罗氏早已不是世界上最有钱的家族。流传的其家族金融帝国仍隐蔽控制着世界金融市场的说法，是完全不真实的。

2014 年相识至今，每次与他交谈都获益匪浅。不谈如何赚钱，而是谈如何面对金钱的诱惑、如何和人相处、如何坦然面对灾祸。

2022 年 5 月 16 日

奥运奖牌工厂

天气和煦宜人，来到英国久负盛名的赛艇俱乐部 Leander Club，在泰晤士河西段完成 6 千米的划行。英国国家赛艇队队员、奥运冠军史蒂夫·威廉姆斯（Steve Williams）在艇上。

泰晤士河西段很少被国人关注，但却是英国赛艇圣地

Leander 俱乐部成立于 1818 年，总部位于英国亨利镇，被誉为“奥运奖牌工厂”，是世界上拥有最多奖牌的体育俱乐部。它不仅是英国赛艇国家队的训练地，同时也是英国 500 多家赛艇俱乐部中为国家队输送奥运选手的绝对主力。

在 Leander 俱乐部不远的地方，就是著名的“河流与赛艇博物馆”（River and Rowing Museum），它是全英国赛艇爱好者心中的圣殿，因为从 1829 年开始举办牛津剑桥赛艇比赛而闻名世界。1839 年，亨利镇成立了亨利皇家赛艇协会。1908 年和 1948 年，这里还两度承办奥运会赛艇比赛。1998 年，河流与赛艇博物馆隆重开馆，英国女王还亲临仪式现场剪彩。博物馆设计师是英国建筑界重量级人物大卫·奇普菲尔德，他的作品干净利落，体现出强烈的环保意识。

看到这座博物馆，我又想起在伦敦看到的一座桥，真是让我开眼了。由于桥的存在，即使桥身不大，桥下还是过不了帆船。怎么解决呢？建筑师的做法是，把桥造得如蕨类植物一般，也有点儿像小提琴的琴头。在船过来的时候，桥就会在半空中逐渐卷成一个圆，造型非常具有艺术感。等到船过去之后，桥再慢慢慢慢伸展打开，就像花、芽、草等植物的生长，完全展开后又成了一座桥。我觉得这是世界上最美的一座桥，它的美是动感的。设计师是谁呢？是英国当红设计师托马斯（Thomas Heatherwick）。上海世博会上，如同“蒲公英”一般的英国馆，也是出自他之手。

国家工程院交流活动后，我放弃晚餐时间，驱车前往昨天攀过的岩馆。饭点时间，攀岩年轻人之多出乎预料！

生命的活力在激情；生命的激情在探索未知和激发潜能！

亨利古镇，粉河马赛艇俱乐部的院内有欧洲七叶树，美观、落落大方、朝气蓬勃：该树种分布于欧洲的落叶林地，世界四大行道树种之一。树体高大雄伟，树冠宽阔，绿荫浓密，花序美丽，在欧美广泛作为行道树及庭院观赏树。

结的果实外表皮和内核类似栗子，一些移民的中国人误会洋人不懂食栗子，采集回去煮熟食之，中毒呕吐算是轻的了。

该树种全株有毒，嫩芽和成熟的种子毒性最大，人、畜等误食均可引起中毒，中毒症状主要是肠胃道和呼吸道的刺激，引发强烈呕吐、精神抑郁、昏迷、肌肉颤搐和麻痹，严重者死亡。

但七叶树的成分并非一无是处，种子中的化合物有助于抑制硬化血管所造成的血栓的形成，也是治疗痔疮的收敛剂。种子萃取物用于沐浴油，可使皮肤柔嫩。经处理过的果实可做饲料，也可供人食之。

茂盛的七叶树

2022 年 5 月 17 日

第一名中国队员

为少年赛艇、为传承运河文化、为环境绿色低碳、为梦想成真，拜访贝德福德公学赛艇俱乐部。

贝德福德公学创立于 1552 年，创立者为英王爱德华六世（King Edward VI），是全英顶级的二十五大公学之一。学校致

在大乌斯河上畅划

力于将其儒雅传统与当下潮流相融合，丰富学生在校期间的各项体验。

英国作为赛艇运动发源地，同时拥有数所全世界青少年向往的顶尖学府，而在牛津剑桥赛艇对抗赛历史中，还从未出现过中国籍队员。此次深潜与贝德福德公学共商合作，愿景之一就是：联手培养出第一名中国籍的牛津 / 剑桥赛艇队队员。此行先组一支深潜—公学四双混合队，大乌斯河上畅划。

工作简餐，节省时间岩馆抱石，有瘾了。

——极限运动爱好者的身体比平常人好吗？

——不一定。

极限运动和面对应急事件一样，使人始终处于“战斗”的状态。此过程一结束，身体就会衰弱，长此以往还会造成慢性疾病。在挑战自我极限的时候，应更多地关注参与挑战的勇气与信心！

想达到身体健康的极限，应具备良好的心理素质。稳定的人格、积极向上的生活态度是开发人体潜在力量的前提。只有积极开发人的心理潜能，才能带动生理潜能的共振。

2022 年 5 月 19 日

理解信仰

晨起驱车前往伦敦，拜访中国驻英国大使郑泽光，而后参加英国建筑师协会座谈会……

九年前在剑桥选修课“比较宗教学”上，和尼古拉教授走得最近，一个星期两次课题指导，受益匪浅。曾邀请教授访问

与尼古拉教授在一起

哈尔滨、上海、开封等和犹太人移居过的城市，只是还未成行，再次邀请老教授是疫情后访问中国。

东西方宗教比较，从宗教教义上神灵数量的多少的视角，比较多神教、轮换主神教、单一主神教、单拜一神教、二元神教、一神教等。比较宗教学与宗教现象学、宗教类型学密切相连。

如果世界诸宗教之间毫无共同之处，则科学的宗教学或比较宗教学将不可能成立。宗教比较性研究，以此找到其彼此间的同一性和差异性，来解读、理解信仰的差异性和同一性。

2022年5月21日

候鸟栖息之林

清晨，爱丁堡联合运河，太阳冉冉升起、鸟语花香；温度略低，冷不丁一个冷战，也让人精神抖擞！双人双桨、四人双桨，彭博士、我、李基铉同爱丁堡大学校队混合编组竞舟。零碳、净水，爱丁堡 Go Go Go！

访问一家有进取心、为创新的碳交易市场服务的公司，其服务项目的国际碳交易量排名第6位。对方介绍第一个案例：肯尼亚海岸红树林保护项目的碳交易的开发和标准化。很有意思！

2012年成立的深圳红树林基金会是目前已知的世界上红树林保护规模和影响力最大的基金会。如果能和碳汇市场交易结合起来，就不仅能清晰体现基金会的效率，也能鼓励参与保护的社区和公司获得经济上的好处……

碳汇、碳资产对我来说本来也是一个新的课题。过去我们常提的是碳减排、低碳经济、绿色经济、绿色金融等等，碳中和与它们是什么关系呢？我的体会是，中国提出碳中和的目标其实是要求得更明确了，意味着我们将转向一种打组合拳的新经济模式。光减还是不够，减了以后还是会排放，所以排放后还要寻求一个平衡。目前在减碳上，一方面是依据国家政策的供给侧，提供绿色能源，比如光伏发电、核能发电、水力发电、海洋能等等，另一方面是消费侧——行业当然是尽量消费和使用绿电，那如果用的不是绿电，应该怎么做？就要在碳汇交易所上买碳指标来进行平衡。利用别人的森林吸收二氧化碳的部分，中和你所排放的部分。

苏格兰高地，正在上升的爱丁堡古城

所谓碳汇，指的就是能从大气中清除温室气体的机制。创造碳汇的常见机制有两种，一种称为“固碳”，即利用农业林业生态系统中的植物，它们能通过光合作用吸收二氧化碳，并将其固定在植物体、土壤和农林产品之中。一种是利用碳捕获、利用和封存的特定技术，来清除大气中的二氧化碳。我退休之后成立的乡村发展基金会，就在专门研究中国乡村的自然资源在碳汇上的价值。

所有的森林都具有固碳的功能，红树林更是发挥着重大的作用。我发起成立深圳红树林基金会，本意是为了解决南部省份在生态环保上的诉求。中国东南西北各方的差异很大，所面临的环境问题也各不相同。阿拉善着重关注的是沙漠治理，推广种植梭梭树来固沙，减少沙尘暴。华南区的企业家会员虽然参与其中，但是对遥远的阿拉善的感受并不很深切。如何把企业家发动起来呢？还是要因地而行。

《京都议定书》界定了温室气体排放权，使之成为一种稀缺资源，一种资产，由于具有了商品价值和交易的可能性，催生出了以二氧化碳排放权为主的碳排放权交易市场。碳交易市场建立在排放交易体系的基础之上，两者之间有着紧密联系。换言之，排放交易体系很大程度上决定了碳交易市场的类型。

根据与国际履约义务的相关性，即是否受《京都议定书》辖定，可分为京都市场和非京都市场。其中，京都市场主要由排放交易、清洁发展机制和联合履行三种排减机制组成，非京都市场则不基于《京都议定书》相关规则，包括企业自愿行为的碳交易市场和一些零散市场等。

根据覆盖行业范围，可分为多行业和单行业碳交易市场，如欧盟的欧盟排放交易体系制覆盖能源、钢铁、电力、水泥、陶瓷、玻璃、造纸、航空等多个行业，美国的区域碳污染减排计划则只覆盖电力行业。

华南地区本来有很多湿地和红树林，但在发展的过程中，几乎一半以上的红树林都被破坏掉了，成了鱼塘，或者被填平作为土地使用。所以在深圳发起保护红树林，一下子得到了很多华南企业家的积极响应，进而也促成了深圳红树林基金会的成立。

现在红树林公园的位置，深圳市政府原先是准备要建机场

在深圳红树林划赛艇（摄影：洪海，2018 年 1 月）

的。与它凭水相望、一水之隔的是香港米浦红树林保护基地，得知机场规划后，香港方面就特来与深圳特区交涉。每年冬天，都会有大批候鸟来到米浦栖息。如若仅相距一个狭窄峡湾的深圳机场建成，将会影响整个保护基地的生态。深圳市政府对此表示尊重和理解，后来将机场选址放在了其他的地方。这块毗邻米浦的红树林，也因此被保留了下来。

国内的红树林保护基地此前就有，但是民间发起的专项基金，深圳红树林基金会是第一个。它不仅仅是要保护深圳的红树林，还要保护浙江的、福建的、海南的、广西的，甚至是东南亚国家，比如柬埔寨、越南、孟加拉国的。在保护绿色环境的整体倡议下，跨越地区边界，与各国合作，作出我们的行动。

运转至今，基金会取得了很大的成功，已经启动了守护深圳湾、拯救勺嘴鹬和重建海上森林三大品牌项目。在它之后，许多省纷纷效仿，比如关注长江的江豚保护基金。发展到现在，阿拉善之下已经有二十多个保护生物多样性的分支组织了。

红树林基金会及其三大品牌项目标识

2022 年 5 月 3 日上海直飞纽约，转飞华盛顿——WWF 会议、世界银行会谈、乔治敦大学交流、运河考察、波马特克河竞舟、波特兰攀岩、大使馆拜访、老友叙旧迎新……充实饱满！转到芝加哥、波士顿、纽约，再飞伦敦，驱车剑桥、白金汉郡、贝德福德、亨利、爱丁堡。接着要飞荷兰了，正式欧盟之旅。

去机场前还有 90 分钟，午餐还是省午餐去运动？

好吧，不能错过在爱丁堡攀岩的机会，上飞机再吃午餐。

在路上……

Netherlands

第四站

荷兰

2022 年 5 月 22 日

北方威尼斯

全球运河穿越来到第三站——荷兰的阿姆斯特丹。阿姆斯特丹运河带开挖于 17 世纪荷兰的黄金时代，是由 160 多条运河组成的交通网络，以火车站为圆心层层铺开。1 281 座桥梁连接着 100 多座城市陆地岛屿，100 千米的运河两岸，坐落着 1 550 栋历经 4 个世纪的建筑。

阿姆斯特丹，是阿姆斯特尔河上的一座水坝的名称——这

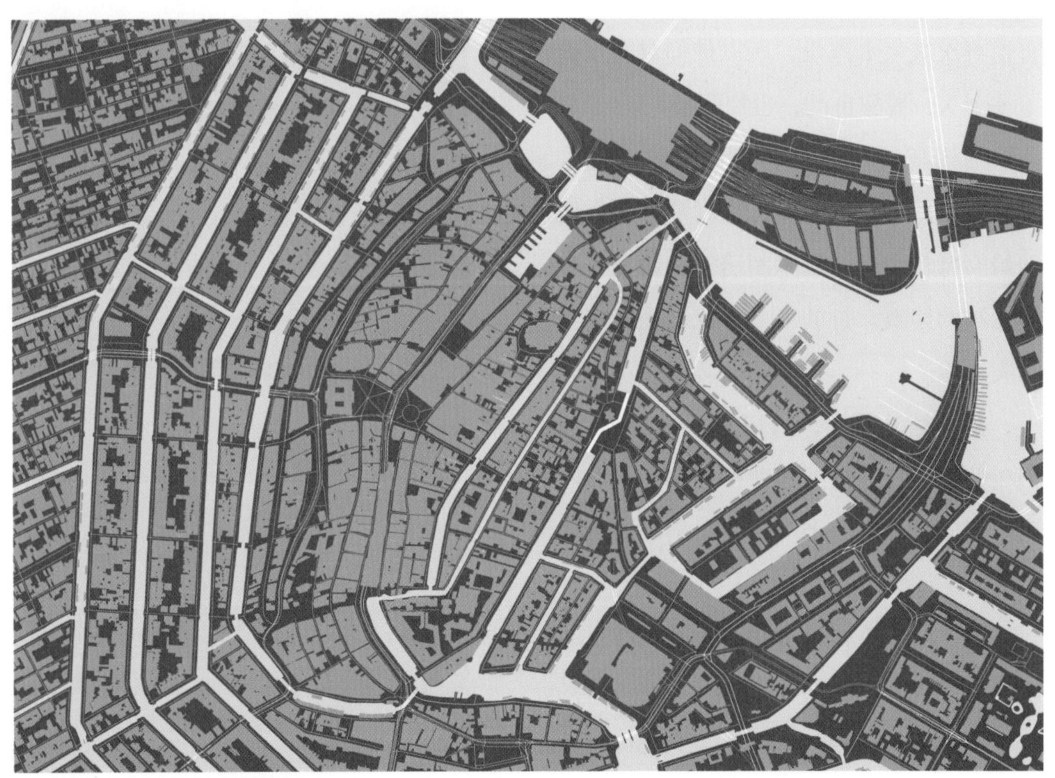

阿姆斯特丹城市运河网络示意图

也表明了该城市的起源。这座闻名全球的“运河之城”，有“北方威尼斯”之称，所以这是一趟地道的运河之旅。

城市里随处可见的“XXX”的标志，又代表着什么呢?

荷兰全国平均海拔低于一米，面对随时入侵的海水，荷兰先民必须挖掘运河、围海造陆。阿姆斯特丹建于公元12世纪，建城初期，这里是一片低地沼泽。于是人们筑水坝挡水，造风车抽水，在从海洋那里“争夺”来的土地上筑起自己的文明。因为担心害怕再次被大水淹没，所以他们对着水面打了一个X，警醒自己，也提醒世人。

阿姆斯特丹过去多是传统建筑的木制房屋，层出不穷的火灾、家庭财产丧失使得阿姆斯特丹政府限制木制房屋的数量，并提倡石材的建筑。打的第二个X，是提醒当心火灾。

荷兰地处低洼，所以病毒不容易飞散，当年的黑死病，让阿姆斯特丹几乎灭城。所以他们又打了第三个X，警惕病毒的大范围扩散。

这“XXX”成为守护着阿姆斯特丹的幸运护身符。

在荷兰皇家赛艇联合会（Royal Dutch Rowing Federation）的支持下，我们来到

“全球运河赛艇穿越行动”结束了英国行程后，跨越英吉利海峡，登陆荷兰

了阿姆斯特丹南郊的威廉三世赛艇俱乐部（Willem III Rowing Club）。在阿姆斯特丹运河主通道上，八人赛艇竞舟，其中三位曾或现任荷兰国家赛艇队员，我 6 号位、李基铉 4 号位，8 号位领桨手正是东京奥运男子四人双桨冠军队员，桨桨平稳有力……

威廉三世赛艇俱乐部是荷兰最大、最古老的赛艇俱乐部之一，成立于 1882 年。荷兰还有一个非常成功的、完全由大学生经营的赛艇俱乐部——涅柔斯赛艇俱乐部（Nereus），成立于 1885 年，曾为荷兰培养出多名包括奥运金牌得主在内的知名赛艇选手。传统的赛艇运动参与者只有男生，随着现代社会平权运动的推进，女性也能加入俱乐部。但是，如今俱乐部的主导权依然还被大男孩管理和控制着。

涅柔斯赛艇俱乐部在阿姆斯特丹市区，离开南郊，我们又至涅柔斯，与德克·尤滕博加德（Dirk Uittenbogaard）等知名桨手再度在阿姆斯特尔河上划行穿越 6 千米。行后聊天，俱乐部的主席 Willem Gerrit Buist 告诉我们，因为阿姆斯特丹和水有着非常密切的联系，所以几乎所有人都喜欢水上运动。冬季运河结冰时，嬉冰的人更是随处可见。

阿姆斯特丹运河发达，许多游客来了也都会坐上游船体验。此行受一位万科老员工的安排，在阿姆斯特丹的一个小游船上观览就餐。本来我不以为意，心想自己曾在最浪漫的法国塞纳河上行游了，何况此处呢？再者，在运河上旅游实在太慢。

下午 4 : 00 上船，看沿岸风光。一个小时之后就到黄昏了。我纳闷了，因为小船上最多容纳 5 人，又没有厨房，就一个船长在开船，晚饭谁做呢？

下午 6 : 00 时候，船靠上运河旁边的一个小码头。然后，

与荷兰赛艇奥运冠军共同完成皇帝运河穿越

与东京奥运会金牌得主、涅柔斯赛艇俱乐部高级教练德克·尤滕博加德（左二）、巴黎奥运会荷兰国家队八人艇备战队员纳尔逊·瑞特玛（右二）合影

餐馆服务员送餐上船

非常正规的餐馆的服务员端着菜送到船上来了。

第一道菜挺好，还有一瓶香槟，就是分量好像有点不够。吃着吃着，又过了一小时，船又靠岸了，服务员过来把餐盘收走了，把另外一个餐厅的主菜端了上来。这次很丰盛，我很惊讶，原来还能这样吃饭。

船再往前走，天快黑了的时候，船再次靠岸，服务员送上了餐后的点心。这次晚餐真是让人长见识了，游船将沿途不同特色的餐厅结合了起来，多么聪明的做法！

太阳能百叶窗

2022年5月23日

减碳能手

环保主义领先的荷兰，将传统的木质百叶窗换成太阳能百叶窗，原来只能遮阳保温，如今既增加了产生绿电的功能，又成了营造建筑空间和大自然相联系的纽带。窗子的外观简洁，北欧风格被推到了极致。

上午到访阿姆斯特丹自由大学真菌研究中心，考察如何保护土壤中的真菌系统，保护改良土壤、固碳、减少碳排放。

真菌在土壤中分布广泛，作为分解者将土壤中难以分解的

与阿姆斯特丹友人共议环保话题

有机质转化为其他生物可以使用的形式。真菌菌丝将土壤颗粒在物理上结合到一起，形成稳定的团聚体，有助于增加水分渗透和土壤保水能力。真菌通过促进作物生长从而促进空气中的碳向土壤碳库中转移，这对保障生态碳循环有着重要意义。

真菌是一种基于自然的解决方案，会大大降低碳排放。恢复与土壤真菌形成外生菌根共生关系的原生植被，特别是在废弃的农业和贫瘠的土地上，有助于减少人工土壤碳流失，恢复正常碳循环。

2013 年 6 月，深圳市与荷兰阿尔梅勒市（Almere）结为友好城市。阿尔梅勒市位于荷兰弗列佛兰省，是世界闻名的艺术中心，拥有众多的博物馆和风格独特的建筑群。作为深圳市国际交流合作基金会主席，我前往并拜访了阿尔梅勒市的市长玛伊可·费宁根女士，并在她的陪同下参观了正在市内举办的 2022 荷兰阿尔梅勒世界园艺博览会，园区中面积最大的国际展园是“中国竹园”。

2022 荷兰阿尔梅勒世界园艺博览会是国际园艺创新的大集合，主题是“发展绿色城市”，为年轻人和老年人提供解决方案，使城市更绿色、更健康、更可持续、更愉快，同时也希望青年人能致力于绿化和维护城市，创造一个更绿色的未来。参

在阿尔梅勒市“中国竹园”参观交流

观结束前，应费宁根女士邀请，我签名留言：“希望阿尔梅勒和深圳友谊长存，合作共赢。”

在剑桥生活，自行车是出行的必备交通工具。傍晚沿阿姆斯特丹的街道散步，发现自行车亦是居民必备的交通工具，当地人均拥有自行车 1.3 辆。不时能看到挡泥板碰车轮发出“咯咯”响声的自行车。一辆破旧的“老爷”自行车是持久情感的一种表现吧。

阿姆斯特丹街边的自行车

会见荷兰华为公司与当地中资企业负责人（左一为华为西欧云业务部部长陶敏，左二为华为西欧多国业务部部长蔡成宇，右一为华为荷兰办事处主任张文涛）

2022年5月24日

华为“三敢”

拜会荷兰华为技术与产品推广中心与荷兰当地各中资企业负责人。

中国的企业，在国际上打出名气来了的，我都非常关注，尤其是通信领域的华为。现在西方公司都把华为当成一个非常强劲的对手，甚至于要靠国家的力量给它以打压。所以我关心它，也好奇在这种情况下他们是如何在海外发展的。

这次华为给我留下的深刻印象是什么呢？是他们做得非常有特色的本地化。日本的企业基本上自二战后就开始了国际化的进程，在这方面的经验要比中国的企业多很多。但是走向国际后如何深入异国的环境，如何再本地化，又是一个新的问题。华为在这方面的探索非常好。它在荷兰的团队一共有四百多人，其中三百多人是本地人。当然所谓的本地人不一定就是荷兰人，欧洲各国来到荷兰工作的都有。这样的人员配置就使得它在面对一些政治上的风险时，更能有立场向当地的媒体和议员来说明情况，表明他们的技术发展在信息安全方面有所保证。可以设想的是，如果等到类似的问题出现时再去做准备和应对，那是肯定来不及的。

此外在产品上，尽管在5G领域受到了比较大的打压，但华为的研发团队依然自强不息地在应用端进行整合和革新，尤其注重从客户角度出发，满足客户的需求。在技术没有特别大突破的情况下，现有技术的再运用其实还有很大的空间。通过这种方式推进业务，它提供的产品具有很高的性价比，因此在竞争非常激烈的市场上，华为依然还处在一个有利的地位。

学习华为“三敢”——敢闯、敢为、敢创——好榜样！

2022年5月25日

海上马车夫

莱茵斯堡是一座距莱顿不远的安静小镇，街边一座不起眼的红砖小房子，就是荷兰最伟大的哲学家斯宾诺莎的故居。19世纪末，这座房子被开辟为斯宾诺莎纪念馆。

被阿姆斯特丹犹太社区革除教职后，斯宾诺莎于1660年迁至莱茵斯堡，居住在这座建筑的阁楼上，以磨制光学镜片为生，

斯宾诺莎纪念馆

保障生活来源，并支持他在夜间写作。斯宾诺莎在这里创作了《知性改进论》《笛卡尔哲学原理》，并开始写作著名的《伦理学》。其间，他与阿姆斯特丹的青年学习小组保持通信，指导成员学习哲学，并与英国的科学界保持着联系，讨论科学问题。

斯宾诺莎告诉我们：人生在世，最可怕的是愚昧无知，不知自己、不知人和不知世界。

不甚理解世人常赞的“难得糊涂”一语。自作糊涂并不是糊涂，只是麻痹自己，回避痛苦而已。

2022 年适逢中荷建交 50 周年，为提升双方科技创新合作，

馆内阁楼天窗与斯宾诺莎塑像

荷兰受邀为2022年度上海浦江创新论坛的“主宾国”。而我则是论坛的国际交流推广大使及创新创业导师。

创新是论坛的核心议题。创新，也是荷兰人擅长的工作。除了今天人们熟知的以光刻机为代表的强大的半导体企业，荷兰还拥有十几家世界500强公司，如壳牌、飞利浦、联合利华等公司。而早在17世纪初，阿姆斯特丹就建立了全球第一家股份有限公司，即荷兰东印度公司，并开设了全球第一家证券交易所。当年，荷兰人就开始炒股了。资本市场的火爆，还催生了最早的现代银行，蜂拥而至的投资者，又倒逼国际汇率交易服务的诞生。公开募资、股票交易、现代银行和汇率交易合在

参观馆内磨制光学镜片的器具

一起，就是后世的现代金融体系，这是荷兰人对世界的最大贡献，也造就了荷兰 17 世纪的海上霸主地位。当年全球贸易一半被荷兰控制，因此它也被称为“海上马车夫”。

2022 年论坛的主题是“低碳：全球创新新使命”，低碳主题对上海、荷兰都非常重要。如果任由气温高升而无所作为，两个地方都面临被海水淹没的危险。荷兰目前在应对自然灾害，尤其在海洋治理，比如围堤拦海方面，已经积累了几百年经验。此次论坛，荷兰与上海携手上演“双城记”，意味着中荷有机会携手创新，共同应对气候变化。

多花黄精（百合科黄精属），中国特有植物，在异国他乡发扬光大，花朵形似串串风铃，悬挂于叶腋间，在风中摇曳，优雅美观。

多花黄精

Switzerland

第五站

瑞士

2022 年 5 月 26 日

两手老茧与一张照片

来到位于瑞士洛桑的国际赛艇联合会（FISA）总部，拜会国际赛艇联合会主席让-克里斯托夫·罗兰（Jean-Christophe Rolland）。世界赛联是世界赛艇锦标赛、赛艇世界杯等国际重要赛事的举办者，其前身是国际赛艇联盟（简称 FISA），成立于 1892 年。

拜会国际赛艇联合会主席让-克里斯托夫·罗兰

我向罗兰介绍：5 月 3 日自上海穿越太平洋，第一站美国华盛顿，飞越大西洋第二站英格兰，第三站荷兰，如今开始第四站，瑞士洛桑。“水保护、零排放、零废弃”是此行国际运河穿越的环保行动口号。

如此跨洲在运河上划赛艇也是一种创新了。罗兰说，没想到赛艇可以穿越在全球的运河上，还能与环保相结合，推动水资源的保护、零垃圾排放。“这次出国赛艇穿越需要多少天？”他问。

“一年时间要穿越 100 座城市。这次出国安排了 50 天。”

“这么长时间？”他有些意外。

“和登一次珠峰消耗的时间差不多，但更有意义。”

2014 年的一天，我突然接到中国国家水上运动中心主任李全海的电话，他说：“有个事和你商量。今年 10 月份，亚洲赛艇联合会准备改选主席，你有没有兴趣？有兴趣的话，国家水上运动中心就推荐你来参选协会主席。”

我和李全海相识于 2003 年，那时他是中国帆船协会的秘书长。我参加了海南岛的环岛帆船比赛，他对我的参赛表现非常惊讶，于是我们就成了朋友。他给我来这个电话，说实话我真不觉得意外，因为那时我划赛艇已经十几年了，也在主动推广赛艇运动，不仅在万科组织队伍参加比赛，还在剑桥带动企业家们一起划。

虽然不意外，但这通电话也不寻常。因为像这样的国际运动的洲际协会主席，一般都是要推荐厅级以上的干部或者非常优秀的运动员去竞选的。所以我听完之后的直接反应是，此次选择推荐我这样的民间企业家，可能是意在改革，同时也是对我的一种信任，相信我能够在这个位置上有所行动。于是我即刻就欣然响应了。

那个时候，虽然中国国家水上运动中心对我很了解，但是我作为一个民间的赛艇爱好者，在国际上其实不太受到关注，外国人不会知道中国还有个企业家在很积极地划赛艇。与此同时，我的竞争对手则是日本赛联主席大久保先生，他已经为选举准备了两年，对这个席位几乎可以说是志在必得。而我呢，是在距离选举只有半年的时候，才仓促上阵。形势很是严峻。

我怎么样才能让赛艇组织接受我呢？仅仅表明我的赛艇划得很勤很好，恐怕没有多大的说服力。于是我和竞选团队就开始做各种调研，拟定策略。大家发现，我有一个特质是可以抓住来发挥的。

8 月的南京青奥会，是我选举进程的第一站，在那里，我见到了国际赛联的主席和裁判长。因为争取他们的认可很重要，于是刚见面，我就介绍自己已经有 13 年的赛艇经验了。国际赛艇联合会裁判长一听，几乎是下意识的动作——很不客气地就把我的手拉过去了。他用大拇指一摩挲，就感觉到我手上都是茧子，于是立刻就对着我笑了，我也回报一笑。行了，过关了，自己人！一开始是不相信我的话，“亲手”证实之后，相互之间的默契已经无须再用语言来表达。

按规矩，我们做了详细介绍我个人情况的宣传小册子。我递给他们，他们非常礼节性地收下，在手里翻动着，不过略略翻看。册子里大部分都是我在各地划赛艇的照片，显然这吸引不了他们的注意。然而到了某一页的时候，他们突然不约而同地停住了，还互相交换了个眼色。接着裁判长抬起头来问我：“王先生，这张照片是在哪里照的？”

在美国 WWF 纽约办公室
（摄影：洪海，2015 年 10 月）

这就是我和团队特地准备的重磅炸弹，我不用看都知道他指的是哪张照片。

那是万科与 WWF 美国签订保护雪豹战略合作协议时的照片。我装作若无其事，淡定地回答了，并且告诉他："我是 WWF 美国董事会的成员。"

根据我们的调查，为进一步致力于在全球范围内消除水污染，国际赛艇联合会与 WWF 此前共同发起了"净水计划"（Clean Water）。而我多年来积极在万科推动环保，倡导绿色低碳，推动垃圾处理等等的实际行动，得到了 WWF 美国的肯定，这对国际赛联来说是一个非常重要的信号。

即刻，他们的态度发生了 180 度的转变。之前还隐约表露出一丝惋惜：既然我如此热爱赛艇，怎么没有早做竞选的准备。知道了这一层背景后，便立刻向我表示：他们就缺我这样的人，即使这次我不能竞选上亚赛联的主席，也要聘请我为国际赛联的环保专家。

这就是发生在青奥会上的故事。在很短的时间内，我们一共四个人的竞选团队经过调研，取得了这样的成果，是很可喜的。到了 10 月份正式竞选的时候，我确定的口号是推广赛艇运动，因为在中国，赛艇运动才刚刚开始。我承诺，在我当选的 4 年之内，会在亚洲建立 400 个新的赛艇俱乐部，其中 300 个在中国，100 个在中国以外的亚洲国家。那时我们的身后，已经有了国际赛联的支持。

然而，仅仅是国际赛联还不够，毕竟这是洲际的组织。我们发现，一个很关键的人物就是现任的秘书长，韩国人李基铉。他对整个票选的情况是非常清楚的，于是我们就积极争取到了李基铉的支持和帮助。

在亚洲赛艇联合会主席竞选大会现场

终于到了选举的现场。对面大久保的团队里有将近 20 个人，在会场到处游说拉票，散发宣传册，还安排招待就餐。而我们呢，只有 4 个人，那些繁杂的动作是做不了，但是我们带了洪海拍的一个宣传片，放在门口一个宽大的移动电视屏上播放。片子的冲击力非常强，引人驻足观看，以至于到了什么程度呢？大久保的团队里专门派出了 5 个人，挡在电视机前，不让到场的参会人看，此举让人不敢相信。

到了唱票环节，由秘书处委托澳门的赛艇协会秘书长来进行。一声 China，一声 Japan，就这么唱下去。到后面，票数的差距变得愈加明显，中国的票超过日本之后，唱票的声音也完全变了，China、China，音调特别高昂，传达出胜券在握的喜悦。偶然有一票是日本的，Japan 就低低的一声。那种民族情绪上的对比，真是非常强烈。

最终，我几乎全票成功当选亚赛联的主席。我又找到了李基铉，提出请他来担任我的顾问——不是秘书长了，而是赛艇主席的顾问。他答应了，并且在位置上发挥了重要的作用。同时国际赛联又聘请他为市场推广委员会的高级顾问，一切可以说是皆大欢喜。

亚赛联主席的身份让我感触最深的是，这是我第一次在国际组织中担任第一把手的角色。在此之前，我是 WWF 美国的董事，但董事更多地只是一个参与者，而不是一个最终决定者。亚赛联就不一样，如何推进各种活动和赛事，都是需要创新的，需要自己去作决策的。虽然它其实不是国际性的，而是洲际的，但涉及的事务也是跨国的，关乎国际化、自我认知与平等对话。这些对我来讲，都是非常重要的经历。

四年任期到了之后，我的竞选口号已然成为现实，在亚洲各地建起的俱乐部有 410 多个。各个会员国的委员会一致要求我继续连任，这在亚赛联的历史上还是不曾有过的。但因为其他种种原因，我没有连任，最终受任为终身名誉主席。

其实我自己是希望连任的，但最终没有。要说遗憾吗？我觉得没有遗憾。活着无非是顺境逆境，事情是按照你想的那样去做，还是没有，都是经历，都是精彩。人生嘛，它就是不确定的。几年之间，我获得了非常宝贵的处理国际事务的历练。也是在赛艇协会里，我第一次感觉到现在的中国人，可以在一个巨大的发展空间下通过学习和努力，去完成很多事情，并在国际舞台上发挥作用。这大大增强了我的自信心。

隆河竞舟

2022年5月27日

隆河竞舟

晨，驱车隆河赛艇俱乐部，自然风景优美，河水平静流淌，天鹅游弋，鸟语花香，平静却暗藏潜流……

我、李基铉、锡晓兄弟同瑞士赛艇协会前主席斯蒂芬等前辈竞舟交流，以水上运动促进净水、零碳与健康！

隆河源自南阿尔卑斯冰川，在法、瑞边界通日内瓦湖，流

倡议旗帜

出后经法国东南部流入地中海。

赛艇后，我们前往拜会中国常驻联合国日内瓦办事处和瑞士其他国际组织代表陈旭大使。作为民间使者，拜访大使是我们的固定安排。陈旭大使是一位经验老到的外交家，谈话的时候，不仅详细了解了我们的穿越计划，还特别热心地给我出各种主意，告诉我交流过程中该怎么做。一番畅谈，气氛融洽而愉快！

望河沉思

2022年5月28日

此大运河非彼大运河

日内瓦湖百年赛艇俱乐部，四人双桨，迎着金色晨光……

上午，我们到了在瑞士格朗的WWF总部，与基金会总干事马尔科·兰贝蒂尼进行交流。他是一个意大利人，对运河很有感情，所以就兴致勃勃地和我交流大运河文化。

我们知道国际上有名的运河有苏伊士运河、巴拿马运河，但很少把它叫作苏伊士大运河、巴拿马大运河。在我们的认知里，大运河指的就是中国那历史悠久的隋唐大运河和京杭大运河，总长度4 000多千米。根据统计，世界第二长到第十长的运河，长度全部加起来都没有我们的长。大运河名副其实啊！所以我是带着一种先入为主的观念和民族的自豪感，和马尔科交流。我告诉他，在完成了中国大运河穿越后，我们这次是要到全世界的运河去划赛艇，一路上宣传环保和保护生物多样性。他听得很入神。但是我发现，每当我讲到大运河的时候，他总是显得有些迷惑，给我的回应也是威尼斯如何如何。

我知道威尼斯是个运河城市，但大运河是中国大运河，为什么我说到大运河他会谈到威尼斯？交流了半个小时以后，我才意识到，他所理解的大运河就是威尼斯大运河。在欧洲和国际上，威尼斯的运河就叫作Grand Canal，与中国大运河的通行译名是一样的。

威尼斯大运河是威尼斯市的主要水道，沿天然水道自圣马可教堂至圣基亚拉教堂呈反S形，总长度3 000多米，宽达30至70米，与许多小运河相连。由于沿岸有罗马式的、哥特式的和文艺复兴式的宫殿、教堂、旅馆等建筑，因此也被称为“水上香榭丽舍”。

在世界上，我们的长城、青岛啤酒很有名，阿里巴巴、腾讯现在也很有名。但是说到大运河，人家第一时间想到的还是威尼斯大运河。麦克访问中国不下十几次，竟然不知道中国也有个大运河。他还举例子告诉我们，人们一提到阿姆斯特丹，想到的就是它被称为北方威尼斯。我这才知道，在他们心中，所谓大运河，都是与威尼斯紧密联系起来的。

这个误会让我意识到，我们以为是常识的东西，对他人来说可能就是陌生的。所以人与人需要不断地沟通。如果互相不了解，只靠猜忌，就会引起误解，接着形成隔阂，再发展就很容易形成敌对，加之各种信仰与习俗上的差别，就有可能引起战争。改革开放已经四十多年了，我们与世界各国在文化上的了解还需要更深一步，我们也应该更积极地在国际上宣传我们的运河文化，中国大运河时至今日还是通畅的，还在流通，在经济上发挥很重要的作用。

选择运河这个主题，是一个很好的切入点。我在推广赛艇的时候，选择的第一个建立赛艇基地的城市，就是牵头申请中国大运河入选世界文化遗产的扬州。中国传统文化的地标，一是长城，二就是运河。我觉得运河文化所蕴含的老祖宗的智慧结晶，应该更适合当下的我们。它所象征的流通、连接，你中有我我中有你，能启发我们走向国际去交流借鉴，共同面向未来前进。尤其现在面临疫情引起的“隔离”状态，我的感受愈加深刻。

在行程中，我又感觉自己重新认识了西方。比如在美国穿越，我发现它的运河是与五大湖密切联系的，而中国运河也是与鄱阳湖、洞庭湖等大湖连在一起的。比如威尼斯运河虽然不

晨跑

与 WWF 总干事马尔科·兰贝蒂尼（左二）合影

长，但论历史之悠久，以及所扮演的重要角色，也不逊于中国的大运河。再比如，全球的运河都是人们在大自然汹涌澎湃的力量面前，团结一致建造起来的，它们都曾经辉煌过，在历史上享有盛名，河两岸的城市或国家也都因此紧密连接在一起，形成了一个统一而强力的共同体。而随着时代的发展，它们如今也都面临着一样的处境，原有的运输作用逐渐地衰落下来，声名亦不再为人所熟知。在运河这一个话题上，中国与世界各国就有如此多的共同之处，这让人觉得意外，而又欣喜。

日内瓦隆河畔，三角叶杨，又称棉花杨，原产北美西部，雌雄异株，果实种子包裹着白色长绒毛，铺满枝头，飘落似白雪覆盖，就叫它“夏雪”杨吧。

“夏雪”杨

Germany

第六站

德国

2022 年 5 月 28 日

歌德的绿酱

到达德国法兰克福。旅途中遇升天节，居民休息日。

《新约圣经》载，耶稣于“复活”后第 40 日“升天”。这个传说起源于耶路撒冷教会，大约 4 世纪时开始举行节日。这是为了纪念基督——在复活并对于门徒有所嘱托之后——最终的升天。神学上，升天意味着复活的基督对其门徒之显现期的结束。升天表明耶稣被视为已升高到与上帝一体的神圣位置。由于历法不同，东正教和其他东方教会仍沿用旧历，节期迟于公历十三四天。

耶稣基督的另一称谓是弥赛亚。弥赛亚原意为“受膏者”。古代犹太君王和祭司在受封立时，额上被敷膏油，因此弥赛亚常指大祭司，以色列的王、圣者。犹太亡国后，犹太人中传说，上帝终将派遣一位“受膏者”来复兴犹太国。于是弥赛亚成为犹太人所企望的“复国救主”的专称，特指救世主耶稣。

晚饭后散步美因河畔。美因河是德国莱茵河支流，也是流经法兰克福最大和最主要的河流。由源出弗兰克侏罗山的红美因河和源出菲希特尔山的白美因河汇流而成，在美因茨注入莱茵河，长 524 千米，河口以上 396 千米可通航。河道本身以及河道两岸，就是法兰克福自然景观和历史人文景观的结合。

说到德国饮食，会联想到“咸猪手、香肠、酸菜”。当晚热情待客的卢昕让我对法兰克福的餐饮耳目一新：一罐足量的苹果酒、各种味道灌肠后再加味道不错的猪肘子、酸菜以及非常有特色的法兰克福绿酱。据说，歌德就特别喜欢绿酱。

享用法兰克福美餐

绿酱的配方是：小香芹、小香葱、香叶芹、酸浆草、莳

法兰克福美因河

扛艇出发

萝、琉璃苣、水田芥等七种新鲜的香草料混合酸奶油及其他辅料制成。看来，法兰克福居民对饮食挺讲究的。

我在剑桥学习的那段时间，认识了一位华人院士。他已经在那里工作十多年了，但与学院内其他英国同事的交流却不多。而我呢？去了 3 个月就与老师们很熟络了。这让他很好奇。我后来想，这可能因为他是中国胃。英国老师们大多就在食堂吃饭，而他不吃西餐，所以每顿饭都要回家吃。餐桌是思想和情感交流最好的地方，真正吃的时间不超过 40 分钟，但交流至少

荡桨美因河

是一个半小时。这个时间他错过了，而我利用了起来，就拉近了与老师们的距离。

其实20世纪80年代我第一次出国的时候，也是两天不吃中餐就抓耳挠腮，无论如何都要拐到唐人街去吃东西。我就反问自己：出国是为了考察、学习和旅游，还是只为了吃中餐？于是第二次出国，我就开始给自己定下这个规矩：每到一个新国家新地方，就要吃当地的食物。我相信，品尝和了解饮食文化，能帮助我们与不同地方的人相联结。

美因河上赛艇，深潜队四名成员——我、深潜七期学员锡晓两兄弟、资深合作伙伴彭立博士，再加上法兰克福赛艇俱乐部的主管，五人宽体艇荡桨美因河。舵手位临时改成 5 号桨手领桨位。赛艇划了 20 年了，第一次五人双桨艇。你划过吗?

2022 年 5 月 29 日

皇帝加冕之地

莱茵河—多瑙河运河，是德国巴伐利亚州境内的跨流域通航运河。

莱茵河是世界上最繁忙的水道之一，连通着欧洲最重要的工业中心区。多瑙河则是世界上流经国家最多的大河。两条大河都发源于阿尔卑斯山，却流向相反的方向，莱茵河一路向西，经过德国南部丘陵，穿过平原，从荷兰低地入大西洋。而多瑙河则弯弯绕绕，途经维也纳和布达佩斯等文化名城，最后从罗马尼亚入黑海。

莱茵河—多瑙河运河从美因河岸的班贝格到多瑙河的凯耳海姆，全长 171 千米，宽 55 米。从纽伦堡至凯耳海姆的一段，长 102 千米，其间需翻越汝拉山，工程十分艰巨。

由于弗兰克侏罗山的分水岭比班贝格高 175 米，比凯耳海姆高 68 米，因此沿途需修建 16 座长 190 米的船闸。

运河已于 1985 年全线通航，大大缩短了北海和黑海之间的航程。从黑海前往西欧的海运，原来要穿过土耳其海峡，经过整个地中海，然后从直布罗陀绕道大西洋，才能到达西欧。莱茵河—多瑙河运河开通之后，可以从多瑙河直接经运河到莱茵

在法兰克福吃越南菜

河，到大西洋。

两大水系沿岸的国家也沟通起来，创造了跨流域调水、农业灌溉和水力发电等经济效益。

在法兰克福吃越南菜，“疫情之后，一些好位置的餐馆歇业，越南菜补了上来，蛮受欢迎”，卢昕介绍。好啊，那就越南菜，喜欢生牛肉河粉，鲜美爽口！

越南菜口味偏酸、甜，清淡不油腻，没有任何加工的新鲜蔬菜，可归到健康饮食类。价钱又不贵，老少咸宜。

漫步城中，遇法兰克福皇帝大教堂。它兴建于1250年，完工于1514年，消耗了264年——对于崇拜神的天主教堂是值得的。

在神圣罗马帝国时期，法兰克福是一个最重要的城市。从1562年起，法兰克福取代亚琛，成为神圣罗马帝国皇帝加冕大礼的举行地，前后有10位皇帝在这里加冕。

途经法兰克福皇帝大教堂

所谓神圣罗马帝国，是962年至1806年地跨西欧和中欧的封建君主制帝国，版图以日耳曼尼亚为核心，在巅峰时期包括了意大利北部、勃艮第和弗里西亚。其历史上有一种特殊的现象——选帝侯制度，即德意志的七大诸侯有权推举神圣罗马皇帝。帝国中后期，奥地利大公国的哈布斯堡王朝通过王室联姻和金钱贿赂，长期垄断神圣罗马帝国皇位长达400年之久。王国因此也没有明确规定的首都，只有皇帝（伯爵、大公）的居住地。

1806年，在拿破仑的勒令下，弗朗茨二世放弃神圣罗马皇帝尊号，神圣罗马帝国灭亡。

走走停停，在美因河畔之夏……

结束晚餐时已经9点，依然驱车前往法兰克福社区运动中心岩馆，泡到深夜11点。攀至筋骨舒展开了，再泡个热水澡，等待好觉到来。

2022年5月30日

启蒙运动中心

到了巴伐利亚的班贝格镇，美丽如画的雷格尼茨河上击水，四人双桨10千米，舒畅、流利、尽兴！

流经埃朗根、福希海姆的雷格尼茨河在这里注入美因河。河畔的这座古镇因其保留的各时代风格各异的古建筑而被列入世界文化遗产名录，有“小威尼斯”之称。

晚餐后，信步班贝格古城……自12世纪，班贝格的建筑风格对德国北部和匈牙利产生了极大影响。18世纪末，该城成为

班贝格古城的河边建筑

德国南部启蒙运动的中心，吸引了黑格尔和霍夫曼等知名的哲学家和作家来居于此。

当许多德国古城被二战炮火摧毁时，班贝格却能毫发无伤地保留她原来的面貌，这份幸运使古城之名受之无愧，也显得尤为珍贵。

近午夜时抵莱比锡，准备参加世界运河大会。路旁广告灯箱仍亮着，映出音乐家巴赫的半身像。

莱比锡街头的巴赫塑像

莱比锡与巴赫息息相关，巴赫在这里度过了27年的岁月，这也是他一生中音乐创作的顶峰，创作甚丰:《受难曲》、《弥撒曲》、《清唱剧》、《康塔塔》、《管风琴曲》、《平均律键盘曲集》第二卷和一些玄奥的对位史诗。这些巨作无一不体现了巴赫音乐思想的深邃，也为后世留下了宝贵的音乐财富。作为纪念，每年6月，莱比锡都会举行盛大的巴赫音乐节。

2022年5月31日

城市转型助推器

5月末最后一天，也是在莱比锡举行的2022世界运河大会的第一天，会晤、讲演、交友、参观、会议……

这是德国首次举办运河大会，来自政治、经济、学术界的400多名各国代表出席会议，就运河水道的维护、开发和可持续管理面临的挑战进行交流。

作为WCCO顾问，我在大会上作了题为《碳中和与中国运河城市的复兴》的全英文主旨演讲。

2014年，我当选亚洲赛艇联合会主席后，承诺在亚洲地区推动建立400个民间赛艇俱乐部，这些俱乐部坐落在各地的江河湖海边，其中有很多就在运河之上。

为什么我对推广赛艇有格外的热情？除了我个人喜欢以外，还因为通过赛艇运动可以推动水环境治理，净化水源，为城市提供更适合生活的自然环境和休闲空间。因此2015年，也就是我担任亚赛联主席的第二年，亚洲赛艇联合会与WWF签订战略合作协议，共同推动水环境保护。

因为赛艇与运河的联系，在国内我把扬州市作为在中国推广赛艇的第一站。因为扬州是中国大运河申遗的牵头城市，并成立了世界运河历史文化城市合作组织，连续十四年举办世界运河城市论坛，致力于在国际上推广运河文化。

我选择建立赛艇城市中心的地点就在扬州大运河旁。而那里在以前，是城市边缘垃圾中转的地方，污染十分

扬州万福片区俯拍对比：2014 年 vs 2020 年

严重。

从 2014 年开始，当地政府经过三年的环境修复和整治，把过去的城市垃圾场改造成为绿水环绕的生态湿地，建设了一个景观优美的生态新城。就在这座新城里，我们与当地政府合作，又花三年时间共同打造了一个世界级的水上运动训练和赛事中心，囊括赛艇、龙舟、皮划艇和桨板等几乎所有水上项目。

在那里，我们举办了以运河水环境保护为主题的国际环保论坛会议和文化艺术展。伴随着水上运动，还引进了与运河相关的公益环保组织和项目。比如与WWF合作建立了江豚保护中心，组织和支持志愿者进行江豚和淡水保护的公益项目。

在扬州，水上运动促进了城市更新和公益环保，成为一个运河城市转变的模型。

我们昨天去了班贝格，这里是莱茵河—多瑙河运河的起点，我们在当地的赛艇俱乐部组织划船。访问时我意外地发现这个小城中有一个BOSCH的氢能利用项目。

其实，国际运河城市在引领可持续发展方面有很多有价值的案例，而发现它们的契机居然是因为赛艇穿越这样的运动文化交流活动。

全球疫情之前，我在中国大运河推广赛艇。2021年9月份，我组织中国的赛艇爱好者，用一个月时间，在中国大运河总计完成了1 300千米的赛艇划行，从中国首都北京到南方浙江省的杭州和宁波，共穿越19座运河城市。

在运河沿线城市组织赛艇划行和比赛的同时，也同步推动了低碳环保理念，包括举办低碳环保论坛、走访城市生态更新项目、与沿线青年大学生座谈交流，提倡“零碳排、零废弃和水保护”的绿色生活方式。

从运河穿越沿途的很多对话，以及与扬州市合作的经验中，我理解到：不仅仅要在中国运河城市倡导低碳环保和运动健康的绿色生活理念，更重要的是在全球进行交流和推广。疫情发生后，我发起了一个全球运河城市赛艇穿越计划，希望通过划赛艇穿越全球100个运河城市的方式，推动运河城市文化和可持续发展的国际交流与合作。

在 2022 世界运河大会上发表主旨演讲

之后我们的穿越队伍还将会在 7 个国家的 16 个城市进行河流穿越，最后回到中国。这其中很多河道是人工运河，也有自然的河流、湖泊。对我而言，它们共同构成了连接人与历史和文化的巨大水道网络。

对于运河，我的认知是——它的特征是连接——人类逐水而居，城市因水而兴，中国的大运河孕育了中国文明。运河是古代的互联网，连接货物、人流和信息流。

但是到了今天，运河的连接性，不仅仅体现在物理层面上，更重要的是我们共同的身份认同，成为文明互鉴的共同语言。因此，在运河城市谈可持续发展、谈环保生态、谈健康生活方式，会成为城市转型实践的助推器，甚至成为面向未来的共同理想和信仰。

从划赛艇，到在运河上划赛艇，再演变为疫情后的百座城市穿越，我们一步步渐进，顺其自然地走到了莱比锡的运河大会上。其实对于参会人来说，他们以往关注的只是运河保护，完全没想到我通过赛艇运动可以把许多环保主张、把全世界的运河给联系在一起，反响热烈！

最后取消会议晚餐，驱车前往岩馆攀岩，馆里满是活力的年轻人。充实的一天！

2022年6月1日

十字光团

窗外看柏林电视塔。此塔于1969年10月完工，塔高365米，是当之无愧的地标建筑，至今仍是德国最高的建筑。

据说，电视塔落成没多久，柏林市民发现，阳光照射在电视塔204米处的观光台上时，光线会在圆球形的观光台上反射出一个十字形的光团。当时，东德在其境内关闭了所有基督教与天主教教堂，拆除了一切建筑物上的十字架标志。于是，柏林市民把电视塔上的十字光团称为“教宗的复仇”。信不信由你。

柏林住宿附近的岩馆，充满轻松和谐的氛围。不同水平的攀岩者不分肤色、年龄、性别，聚在适合自己攀岩级别的岩壁前攀爬，交流、借鉴，尝试突破；失败了再来。最大的挑战是内心的魔障。

窗外，柏林，早！

2022年6月2日

赛中外“龙舟”

正逢端午，我在柏林赛艇俱乐部划“洋龙舟”。

柏林俱乐部建立于1880年，是德国三大赛艇俱乐部之一，有700名会员，承担从青少年到成年人的赛艇活动。但目前依然只接受男性，曾培养出多名奥运会选手。现任主席是当地家族企业，房地产商。

端午节，八人艇上坐了9人，包括深潜5名成员：李基铉、彭立、我、锡晓两兄弟，以及4名俱乐部大学生，航程9千米。与之呼应，国内深潜苏州的伙伴在姑苏河上划龙舟。

端午节在英文中叫作“龙舟节”。赛龙舟是中国本土传统的水上运动，是农业文明之花，它不讲究竞技性，属于节庆之

BERLINER
EMPACHER

端午节在柏林划“洋龙舟”

礼；而赛艇从欧洲引进中国，是工业文明的象征。赛艇非常窄，桨架在以前也算是高科技了，比赛的时候起到杠杆的作用。它追求精准与科学，竞速的差距已经达到了零点几秒。

据《十三行故事》记载，广州与赛艇结缘于180多年前，19世纪中期，广州十三行的外商在珠江上划艇，一位叫唐宁的英国医生就曾记录道：1837年，在十三行做生意的外国人就成立了广州划艇俱乐部，制定了许多规则，并在当年举行了首届珠江划船比赛。当时比赛水道在海珠石附近，也就是十三行对开的、现在的南方大厦到爱群大厦的珠江河段。广州的市民也非常喜欢观看这项比赛，大家把这项运动称为“斗艇”。之后1849年在上海外滩黄浦江上，外国侨民首次组织了划船比赛，1860年英国人组织侨民在苏州河岸建立了“划船总会”。在哈尔滨，还有随着中东铁路修建工作而来的俄国人成立的“水上俱乐部”。而赛艇运动在被列为一项体育运动在群众中开展是新中国成立以后才开始的，各地成立了赛艇队伍，并开始组织

姑苏河上划龙舟

比赛。赛艇在中国的历史大致如此。总体来说，民间划赛艇的人还是比较稀少，属于凤毛麟角。

我放弃了登山、飞伞、滑雪、帆船，坚持赛艇这样一项所谓的“精英运动”到现在，其中一个非常重要的原因在于：水上运动是中国的文化传统。水上划艇运动跟中国传统文化有关系，赛龙舟是中国的传统，也是水上运动，已经有两千多年历史，到现在还延续着。所以，我相信赛艇一定能在中国得到延续和发展。

以前，奥运精神强调“更快、更高、更强”，但人类总是有极限的，不可能再高了，不可能再快了，不可能再强了。再更快、更高、更强？使用兴奋剂吗？这是反人类的。所以，奥运的精神一定要转变，转成广泛的体育运动参与精神，青奥会、残奥会就是在鼓励广泛参与，男女平等。以前女子金牌可能只占到十分之一，现在可能占到一半甚至更多。

恰好龙舟就是一个象征着广泛参与的项目。现在龙舟已经不只在中国流行，国际上也很流行。很可惜的是它现在还不是奥运项目。2008 年我们曾经有两个申请选项，一个武术，一个龙舟。最后选了武术，但武术难度大。在我看来，龙舟特别符合新奥运精神。所以我就想把龙舟推广出去，推到奥运会上，这是我的新理想之一。当然，洋龙舟就是赛艇，也要推广。

现在龙舟在国际上是挺流行的，甚至现在的国际龙舟协会主席、副主席都不是中国人，而是英国人。国际龙舟协会的总部也在伦敦，我拜访过他们。主席人选是流动的，我国原来的体育局副局长也担任过龙舟协会的主席。

老外来组织协会，他们推行的国外龙舟和国内龙舟有一个很大的区别，在什么地方呢？那就是它更趋向于标准化。在我国的龙舟比赛，虽然说也有一定的规格，但是并不是特别标准，比如比赛人数是有规定的，但龙舟的长度、宽度各方面就都没有特别明确的要求。但在国外，在西方工业文明的氛围下，比赛和训练都要讲究标准化和一致性，无论是作为客观物的龙舟，还是作为主观人的选手，都要尽量地统一。龙舟的部件和构造是一式的，队员下水前要执行一套标准动作，包括怎么抬船、下水，上来之后桨怎么举。

过去在中国划龙舟，其实是带有仪式意义的，有一定的祭祀功能，表达对天地的崇敬等等。现在国际化了以后，它变成了一个规则鲜明的运动项目，这也是一个让我们感到很新鲜的变化。龙舟的器材也不像赛艇那么昂贵，推广起来比较容易。如今，在东南亚、中东，甚至欧洲、美国，都有人在接受训练，划行龙舟了。

2022年6月4日

1%，改变生活

戴着标配的口罩与安全帽，来参观EEW公司——欧洲垃圾焚烧领域的领军企业，在德国和其周边国家建有系列垃圾焚

参观欧洲垃圾焚烧领军企业

KN95

烧厂。2016年，中国北控集团以约14.38亿欧元的价格收购了EEW公司的全部股权。

临焚烧车间一侧的工地上，正在建立新的焚烧炉。其生产工艺主要用于燃烧污泥，提取磷。德国每年产生的干污泥有200万吨，在处理城市污水的过程中，有五六万吨可回收的磷。如果这部分资源能够得到有效回收，那将涵盖德国磷矿进口需求的40%——尤其磷在德国属于战略性稀缺资源，每年需要的磷肥约有24万吨，其中12万吨的磷主要依赖进口。

再看中国的情况。中国每年消耗磷矿石约9 000万吨，占全球第一位；磷矿石储量虽位居全球第二，但“丰而不富”——总体品位低，高品位的磷矿石只占到10%。按照现在的消耗量，易开采的高品位磷矿石只有15年左右的使用时间，经济储量也仅能维持40年。

磷资源的缺乏会产生什么影响？根据联合国粮食及农业组织的统计，到2050年，随着世界人口的增长，粮食供给需求将增加70%。届时如果磷资源问题得不到解决，将会引起粮食危机问题。

城市污水处理厂中往往蕴含大量的磷资源。按照中国目前的污水处理量和出水标准，每年大约有30万吨的磷进入污泥——比德国磷肥一年的消耗量还要多。垃圾处理与资源回收的问题，值得我们考量。

2004年，我国的城市垃圾生产量超过美国，成为世界第一，许多城市都出现垃圾围城的危机。为了应对这个难题，我国开始了庞大的焚烧炉建设计划。焚烧法的效率高，占地面积小，一度被视为“减量快”的好方法。但真正应用下来，却发现它也存在着很大的弊端，不仅会留下大量灰渣，而且会释放对人体严重有害的物质。

那该怎么办呢？其实最有效办法还是要调动起人的力量。在源头上我们要倡导减少包装，提倡循环利用，在过程中我们应该进行垃圾分类，使得焚烧的温度得到更精确的控制，避免焚化炉排放的危害。

垃圾处理是社会必须直面和解决的公益性问题。多年来，我做各种各样的公益活动，环保生态是我很喜欢的，像保护濒临灭绝的动物，大熊猫、雪豹、东北虎——我本身还是属虎的。你要问我喜欢垃圾处理吗？坦率来讲，其实我不一定喜欢。

没那么喜欢，但还是要做。这里关系到的是我对“自由”的重新认识。什么叫“自由”？以前我会觉得，自由是冲破很多原因和阻碍，真正去追求自己想做的事情。

但现在，已经不是这样来定义的了。对我而言，自由是做你应该做的事，做社会需要你做的事，这与个人好恶的关系已经不大。有了这层认知，我更明确自己要推动的事业。所以，这些年来我参与了很多垃圾处理的项目。

在大家看到我在全世界登山探险的时候，其实我同时也在各国考察与参观。考察什么？就考察各国社区的垃圾如何处理。我发现，美国处理得不怎么样，欧洲尤其是北欧国家，像瑞典、挪威、丹麦、瑞士，做得非常好。它们的方法是高科技，用不同的真空管道来传送垃圾，因此完全避免了户外的运输和分类工作。此外，他们在发电和资源利用上也都有一套完整的技术。看了之后，我的结论是，好是好，但没法学。那一套成本太高了，我国毕竟还是发展中国家。

来到日本，我发现日本垃圾利用再循环的比例已经达到了非常极致的 80% 了，成本也不是很高，怎么做到的呢？它靠的

EEW 的高科技垃圾处理技术设备

完全是日本人的自律。

有一次我去日本访问一个相熟的东京大商社的会长。在非正式谈判的时候，他在旁边抠矿泉水瓶上的塑料薄膜，一直在抠。这样的行为有点怪异，因为平时日本人是很讲究礼节的，怎么会在会议时不经心地抠水瓶子呢？

我问董事长为什么这样做。他告诉我，他这是在进行垃圾分类，一个矿泉水瓶用完了之后，垃圾分类要分三个部分，瓶体是一部分，瓶盖是一部分，完全不同的材料要把它们分开。其中最难处理的就是广告宣传的这张薄纸，如果不抠下来，直接就这样扔掉，会在垃圾处理的过程中增加很高的成本。

这就是日本的方式，他们的家庭在扔垃圾时，就会自行把所有的垃圾分好类，甚至做好清洗。

我国要做到这一点，可能还需要相当一段时间。加上我们与日本有一个不同的地方：厨余垃圾。日本人的饮食比较清淡，量也小。所以他们的厨房下水道里会装一个粉碎机，厨余垃圾一粉碎随着下水道就走了。在我国这完全是行不通的，国人的食材丰富，如果用粉碎机把垃圾这样排走，基本上我国的下水道就会全堵上了。

后来2009年，我到台北参观他们的垃圾分类情况，了解到台北城市环境的改善，最主要的原因就在于市民的自发行动。我想，台湾居民能做到，那么我们一定也能做到。回去之后我就和总部的同事谈起这个想法，才知道，原来北京万科西山庭院已经坚持了三年的社会垃圾分类，并且在小区配备的处理设备中完成了厨余垃圾处理。每300千克厨余垃圾经过高温分解，会变成35千克到40千克的有机肥，可用作小区花草树木的肥料。这让我对在社区实行垃圾分类越来越有信心——既然这里可行，那么万科的社区一定都能行。

可以说，搞有机垃圾分类我是专家，满世界考察，见多识广。但是也有失误的地方，我退休了以后，把垃圾分类及循环利用确定为万科基金会的主要业务。新聘任的秘书长这时告诉我，印度的班加罗尔现在有机垃圾处理得非常好。我一听还不相信，因为印度我去过，虽然没去考察垃圾分类和有机垃圾处理，但当时街道上的垃圾情况我是目睹了的，那儿的垃圾处理没见得很好啊？2018年，我们组团到印度班加罗尔一看，发现他们真的做得很好，从黑水虻到昆虫到微生物，各种手段都在用，而且也利用微生物堆肥聚合。我好奇地问他们说：“你们

2018 年，在印度了解当地厨余堆肥技术（前右为北京昊业怡生科技公司董事长于景成）

这个堆肥是从哪儿学的？还是你们印度的传统？”

他们的回答让我很意外：“就是从你们中国学的啊。”中国现在搞高精尖，原来的一些方式我们都放弃了，结果印度却学进来了。所以，我考察完了之后万科现在又在小区里把堆肥聚合起来，效果很不错。大梅沙也在万科基金会的支持下建起了黑水虻站，100% 消除日均产生的 200 千克餐厨垃圾。黑水虻幼虫不带菌、不传播疾病、不会入侵人类居住的环境，在羽化前可被处理成干粉，蛋白含量高，可成为其他生物的饲料。黑水虻幼虫产生的虫沙，与枯枝落叶按比例混合发酵后，是营养极为丰富的景观植物肥料。

当然，技术处理是一方面，说回个体意识与行动，还是需要每个人作出改变，养成新的习惯。万科公益基金这些年一直不遗余力地研究把垃圾变废为宝，所倡导的很重要的一点就是要少浪费。2016 年前后，万科公益基金参与了中国社会科学院的一个调查报告，结论显示：在中国餐桌上浪费的食物相当于 3 000 万人一年的口粮——浪费是非常惊人的。所以实际上搞垃圾循环再利用、变废为宝，最原初的还在于我们这种大手大脚浪费的吃法要改变，那么过程中推动更多的其实是社区的动员力量。意识上要改变起来，要组织、宣传、动员。

虽然本身从碳排放来讲，整个的垃圾加起来最后如果浪费掉了，碳排放只占 1%，全回收了全利用起来也还是 1%，但是这个 1% 不仅仅是数字而已，它意味着的是大家的生活方式、生活习惯在发生积极的改变。再进一步扩展到其他领域，能源也就节约下来了，最终形成的是一套新的生活习惯。比如说开车，能不能来拼车，三个人拼一辆车一定比三个人开三辆车好。

就我个人而言，我们那一代人是从物质贫乏年代过来的。小时候人吃不饱，在饥饿中长大，在新三年旧三年、缝缝补补又三年的观念里这样过来的。所以我们有一种本能上的节约，本能上不适应浪费、不适应奢华。像住宾馆，五星级宾馆的富丽堂皇的大堂我就不大适应。除了开会要利用套房做会议室之外，我基本只住一个商务间。套房没有必要，更不要说住那种豪华的了。

吃饭浪费我也很难忍受。为了杜绝浪费，曾经我给深圳民政局拍过一个光盘行动的片子。现在我还记得当时拍摄的情景。到重庆的第二天就要走，所以任务、时间都很紧张。到了嘉陵江边已经快黄昏了，按计划我要对着江水说关于节约用水的口号。情况就是根本不允许有任何的拖沓，更不可能还浪费时间化妆，到那就是拍——因为再不拍天就黑了。后来由于编导用心，片子尽管制作不是很宏大，还是得了奖。回想起来已经是很多年前的事了，到现在我依然是民政部门的光盘行动的形象大使。

就自身而言，在生活习惯上我也是坚持不浪费。不喝塑料瓶的瓶装水已经差不多有二十年了，有时候即使是非常口渴，也不会喝。到哪都随身带着多用途的饭盒、筷子，重复使用，避免消耗一次性的餐具。我的风格就是这样。现在的手机型号一年一换我也不适应。旧手机只要管用，我就继续用。习惯养成了以后，就不再需要有意去维持什么。现在我看到各种快递、外卖上产生的浪费，往往就觉得不安——就拿隔离期间的盒饭来举例，7 天，一天 3 顿饭，那塑料得有多少。且不说气候变暖的问题，地球资源是有限的，这样做其实真的是在透支我们后代的资源。

这次穿越的口号也是强调零垃圾排放。我觉得自己有一定的影响力和号召力，就愿意推动这些事情，也愿意推动更多的人去改变。

2022 年 6 月 5 日

老战马的再创业

德国可持续建筑评价体系（DGNB）被认为是第二代绿色建筑评估体系。带着如何评价“碳中和社区”的问题，我拜访了 DGNB 总部。

我 2017 年从万科退休，当时就想做和房地产无关的事情，

拜访德国可持续建筑评价体系总部

因为这才更具挑战，才会增加更多知识。我首先接手的是万科公益基金，同时也在做运动健康。我本身是运动达人，身体状态保持得不错，也做极限运动，所以就将运动健康作为一个创业目标。经营到现在，深潜正在比较稳健地往前发展。后来，中国明确了“双碳”目标，我意识到中国已经进入双碳经济时代。我的个人经历、知识，以及与建筑的渊源，都决定我将在双碳经济当中扮演一个重要角色。

说到双碳目标，从顶层设计来看，当然要有新能源——如何用光伏、风力、海洋、氢能等新能源替代原来的化石能源，这是非常重要的一块；再者我们也注意到，交通、建筑，即城市的消费端，也扮演着无法忽视的角色。交通行业我没有涉足，但建筑、城市和社区与我很有关联，建筑如何在双碳进程中扮演角色，是非常重要的。比如用什么材料更合适减碳，比如另一个更大的课题是已经建好的建筑如何能减少能源消耗，再比如如何在不改变舒适的生活方式的前提下，改变人们大手大脚的生活习惯。

中国和国际上的很多NGO，我都在参与。有一点非常明确，公益行为与商业行为是没有关联的。做公益用的就是社会上募集来的钱，比如我和万科捐给清华大学的52亿元就是这个性质，纯粹是为了做慈善活动。而企业，其愿景可能也是为了社会福祉，但是它要运转下去必须有一个前提，即它一定能够盈利。如果不能盈利，企业本身就是不成功的。所以其实能发现，做公益要比做企业难。企业是否盈利是很明确的，资产负债表，收入多少，支出多少，毛利多少，再把税交掉，净利多少，股东分红等等，一目了然。但是公益组织把钱花得是否很成功，是不太好用具体的指标和数据衡量的。比尔·盖茨的基金也就是花钱，一年花五六十亿美元，来解决人类社会的不平等，来引导、研究如何消灭疾病。这些大问题你会发现要比商业难得多。当然，虽然公益和商业有很大的不同，但是现在也出现了一种新的形式，叫作社会企业。原来的NGO也能做商业行为，也能实现盈利，但是盈利之后不会分红，而是接着为下一个项目“输血”。在各方面技术高速发展的今天，社会企业的出现实际上也带来了很多可能性。

从公益转到创业，我意识到必须要有一个商业上的转型，才能更好地带动行业往前走。碳中和经济中有两个数字很重要，一个是中国坚持21世纪内升温不超过2℃，另一个就是在这个目标下需要投资的数目——粗算一下至少就是130万亿元人民币。如果要控制在1.5℃以内呢？那就差不多要400万亿元。如果在这么大的规模面前，还是用做公益慈善的思路，在社会上募集钱投入进去，都是很有限的，是杯水车薪。所以一定要在商业上运转起来，才能真正起到作用。所以我决定调整我的精力，原来是70%在公益上，30%在其他方面，现在就转为70%在创业上。我必须全力以赴，冲锋陷阵，贡献我这么多年在城市建设与绿色建筑方面的经验。

我成立的生物圈三号，就是专门做社区改造以实现碳减排的团队。看到三号你一定会想，生物圈一号、生物圈二号、生物圈三号都分别指什么呢？

生物圈一号的逻辑比较简单，它其实就是地球。我相信在这个宇宙空间里能生成存在生命的星球，从概率上说，不只有地球而已。但是作为有意识、有文明的人类，我们探索到目前为止，唯一能证明有生命存在的，只有地球，所以称它为生物圈一号。

如果因为环境恶化，我们无法再在地球上生存怎么办？那只能考虑离开，人类整体移民。所以这就诞生了生物圈二号，指的是一种寻找替代生存空间的探索型尝试。比如30年前在亚利桑那州，美国的一个基金和科学家建造了一个隔绝的实验室——就像在沙漠上盖了一个大罩子——空气不流通，但阳光可以进去，罩子里有人造海洋，有庄稼，比照着独立的生态系统来建造。志愿者们在那里封闭了两年，通过实验查看能否实现循环。最终这个实验还是以失败告终。

再比如我们在科幻作品中常常见到的，人类迁移到外太空去，到火星，甚至到太阳系之外。但目前而言，这更多的还是可望而不可即的一种情况。我觉得就算埃隆·马斯克真的能做到把一部分人送上火星，绝大多数人还是只能待在这里，无处可逃。

所以最现实的考虑是，我们如何立足地球，作出行动，让所有生命顺利地存续下去——生物圈三号的概念由此而来。具体怎么做？就是落实碳中和社区的改造。为什么从社区着手？因为人是群体动物，他一定是和其他人群聚集在一起——小到一个家庭，大到一个社区，一个社区再大点就是镇、城市、省，再大一点是国家，国家再大一点，连在一起的就是我们整个地球。

搞建筑要环保，这一点万科本身就走在行业前面。作为房地产开发商，万科确实大量使用木材，因而与气候变化、环境破坏有着直接关系。于是 2004 年，我就开始在万科推行住宅产业化的实验，改传统用 7 次后即弃的木模为可重复利用的钢模，使得木材消耗量下降了 92%，同时大量节约了水、电与水泥。

成果就是，2007 年国家建设部公布了绿色三星标准——类似美国 LEED 标准的建筑指标体系时，万科的建筑研究中心就成为国家住宅产业化基地。2009 年，全国的住宅项目中只有万科的一个项目达到了绿色三星标准。出于对环保议题的敏感和对相关政策的了解，我当即就明白这是国家在鼓励绿色建筑——不同于之前基本不会公开响应碳减排的主流态度了。而万科的提前行动，让它具有了跨行业的绿色竞争力。

一个城市的能耗有 40% 是在建筑运行中消耗的，其中光建筑房子制造水泥的过程，碳排放量就占到了 7%。所以无论是在建筑材料的碳排放，还是建筑使用过程中的碳排放，房地产行业的改变和行动在双碳目标前都举足轻重。万科是做城市配套供应商的，在改造建筑以实现减少能耗上的经验已经很足了，在执行上也有很多种实现方式，比如“盖被子”。小时候看到卖冰棍的车，都是在木箱里面放冰棍，再盖上棉被。这样哪怕外面气温有30℃，冰棍也不会化。原因也很简单，外面的热气进不去，里面的冷气出不来，就保温了。同样地，建筑也要盖一层棉被。以门和窗户为例子，它们在建筑中所占的比例不到5%，但是消耗的能源却占到20%。现在简单通过改变建筑材料和技术，就能实现热气进不来、冷气出不去，或者在北方就是热气出不去、冷气进不来。门窗以外，墙做保温，屋顶光处理，这些改造都能在不影响舒适度的情况下，减少许多能耗。

可以说，按照现在的技术，减少50%的能耗是不难的。那扩展到碳中和社区的话，就涉及各种高科技、信息化、能源管理等问题，是一个更复杂的工程。

大房子：大梅沙

大梅沙其实是所在的盐田区的一片大沙滩，这里靠山面海，离深圳更繁荣的中西部地区较远。深圳又是个狭长条，在这样的地势下，盐田的经济发展相对比较边缘化。但正因为边缘化，生态环境就特别好。

盐田政府邀请万科过去，我一看到这山山水水的环境就非常喜欢，拿下了这个地块。对它还怀有很多的设想，它一定不是陈旧的建筑，而是未来的；它处在这么好的环境里，就一定是与环保相结合的。

2006年大梅沙开始建设，耗时三年完成，2009年开始作为万科总部投入使用。2022年，开始进行碳中和社区改造，一期工程将在10月完工，改造面积为1.6万平方米。这是我们面对未来打造的第一个样板。

设计经过了国际上几家著名设计事务所的竞争，最后斯蒂文·霍尔中标。他是一个国际上很有名的美国建筑师，曾经在麻省理工设计了一栋学生公寓，建成之后吸引了很多人去参观，络绎不绝。住在公寓的学生被干扰得不胜其烦，就集体给学校写了一封信，希望能够按宿舍的样子再建一栋一模一样的楼，供游客参观。斯蒂文·霍尔在建筑设计上的声誉和影响力在这个小故事中可见一斑。

大梅沙在海边，旁边就是村庄，附近也没有高楼大厦，所以要不破坏自然景观和人文环境，就不能把楼建得很高，高高在上的话就与周边环境不协调。另外，这么庞大的建筑即使横放到地面上，又会像一堵巨大的墙一样，阻挡南面吹来的海风，影响空气的流通，对微观环境和大环境都会产生影响。所以斯蒂文·霍尔想了个办法，用悬拉索技术，把一片连成长条形的13万平方米建筑架空起来。抬起来的好处是什么呢？海风可以从建筑物下面吹过，地面依然是绿地，如同一个公园一般。

于是，大梅沙“漂浮的地平线”就建成了。将它竖起来，几乎与美国帝国大厦一样高，将它放下来，浮动在地面上，非常有诗意，非常浪漫。

不仅外形上别具一格，整栋建筑为了达到环保绿色的标准，是按照美国LEED标准的最高级——铂金级进行施工的，这也是中国首栋达到铂金级的办公楼。

立面表皮是“会呼吸”的半透明强化轻质碳纤维组成物；每个方向的墙面都经过年度太阳能采集量计算，来控制百叶的

悬空漂浮的大梅沙

开关和调度，保证采光和温度。由于靠海，设计师在遮阳片上镂空了许多小孔，阳光洒下来，就像透过棕榈树叶投在地上，有如在海边。

配备太阳能光伏应用，全年发电量超过 30 万千瓦时，占大楼用电量的 20%。建筑使用可再生的环保产品和材料，这其中的装饰材料、家具，多用的是速生的材料——竹子。按照 LEED 标准的要求，这些竹子都产自本地方圆 500 英里（1 英里≈1.61 公里）以内。

智能照明系统、自然通风、自然采光、冰蓄冷空调系统及地板送风系统，既提高了舒适性，又减少了能耗，相对同类型建筑节能 75%；冰蓄冷技术每年节省电费约 50 万元；自然采光使 75% 的区域达到 400 勒克斯的照度，节能 5%；太阳能光电系统提供 12.5% 的能耗电量；中水利用率达到 100%；通过节水洁具和耐旱景观植物，进一步节约 30% 的用水；垃圾分类收集率达到 100%。

2009 年国庆节前一天傍晚，郁亮带领一批华南总部同事从万科建筑研究中心总部出发，沿着山上的特区二线关巡逻道，在细雨中步行一夜后，在第二天上班时间抵达新的总部——大梅沙万科中心正式启用。

随着人流的到来，微调和改善大楼环境的动作持续在进行。大楼种植了吸引蝴蝶的金橘和马樱丹，又养了两箱中华蜂“招蜂引蝶”，不定期收割到的蜂蜜，会提供到员工茶水间。根据世界自然基金会的建议，引入黄腹松鼠来到中心，并在湖面芦苇丛生的角落引入斑头鸭。楼宇的顶上开辟小菜园，种上家常蔬菜，每隔一段时间，同事们可以自行摘菜回家享用。还装备了小型气象设备，提供区域气象信息，也为隔壁学校的小学生提供学习观摩的机会。

万科的员工们在这里工作了 7 年之后，搬走了。因为深圳的商业、政治、文化中心是在中西部，不在东部。虽然盐田区有深水港、娱乐城和沙滩，但人流量并不大。大梅沙算是一个比较偏僻的地方，万科的同事在通勤和谈业务时，在交通上都面临很多不方便。所以到 2017 年，大梅沙的办公系统这一块就空下来了。

空下来之后，我想到可以将它打造为碳中和社区，使之成为符合双碳经济的标志性绿色社区。改造首先就从能源着手。初建时大楼屋顶上都建了光伏发电设备，产生绿电所占的比例是 17% 。现在高空发电效率普遍比十年前提高了一倍，而我们通过改用高效成熟的单晶硅组件，装机容量 742kWp，使可再生能源的利用率一举达到了 85%。还利用互联网技术，打造了云边结合的能源管理物联网系统，对能源数据实现动态监控和采集，并配置了利用大数据和 AI 技术的云端应用：智能运维系统、能效分析系统和微电网系统。

2022 年 6 月份，大梅沙的改造正式开工，而 5 月份我就出国了。我知道，碳中和社区不能闭门造车，到底这个规划项目在国际上是一个什么水平？于是这次运河穿越期间，我见了许多低碳发展方面的专业人士、项目和企业。

有两个案例值得谈。一个是 2019 年启用的奥林匹克新总部，号称非常绿色的建筑。但是实际上它的整体面积两万多平方米，绿电所占比例仅有 15%。对比之下，大梅沙不仅面积比它大许多，而且在 2009 年绿电技术还不很先进的时候就达到了 17%，现在更是已经占到了 85%。

再一个非常有参考意义的是德国欧瑞府。欧瑞府在欧盟的名声很大，之前我就已经去过两次了，当时已经了解到这个项目是基于百年前的煤机厂改建而成的一个产业园区，单从园区设计和建筑角度看，是一个不错的城市更新项目。这次再来参观，则带上了碳中和的视角，负责项目介绍的也不再仅仅是开发商，而是一家负责园区能源系统建设的欧洲公司。接待我们的开发商看到我还很惊讶，开玩笑说我都来过两次了，怎么又来了。

考察的结果给了我很大的收获。这个园区不仅仅是城市中心，更是一个完整的能源转型案例，从十年前就已经规划了零碳能源站、蓄能设施、高能效建筑，加上智慧微电网和智慧运

扫码了解大梅沙

维系统等技术手段，让园区足以实现零碳。匹配规划的，是极强的实践技术能力。他们新能源管理非常先进，能源的数字化和统一调控做得非常好，形成了很成熟的团队。其次他们应用的新能源不仅仅局限于光伏发电，还研究地缘热泵和风能发电，在电力储存的技术上也走在很前面。

项目从 2009 年就开始对外宣传了，但到现在依然还在建设过程中，预计要明年才能完工。进度缓慢倒不是因为工程量很大，而是他们的做法与中国很不一样，不是传统的一次性投资改造，而是在一个顶层规划的指引之下持续迭代，并且在建造过程中就完成招商工作。比如园区内当年的煤气储罐，计划是改造成储热罐，然而十年过去了，改造依然没有完成，但并不妨碍欧瑞府的碳排放持续减少。这样一个持续建设的过程中，反而也吸引了许多创新团队来贡献智慧。现在，园区里已有 150 家创新企业，近 3 500 人入住，甚至达到了一房难求的地步。

欧瑞府的许多做法给了我很大启发。比如我们通常是习惯等工程全部完工了，才进行宣传和招商工作。但实际上，在有明确的规划的情况下，提前一步与市场展开交流，也很有益处。毕竟这是一个很前沿的领域，所有的动向都值得与公众分享和讨论。

看过别人的成果，我心里有了答案。目前我们的实践经验，真的完全不逊色于国际水平。大梅沙作为代表未来的建筑，放在世界上，水平不能说是最好的，也绝对处在第一方阵之中。

改造 6 月份开工，7 月份就有一家高科技公司迫不及待搬进来了。大梅沙的环境依然宜人，绿化率高达 75%。运动健康的氛围也更加浓烈，除了原来的塑胶慢跑道和游泳池以外，还

楼宇支撑腿改建为攀岩墙，灵感来自北极冰川，呼吁关注全球变暖问题

有万科集团自行车俱乐部、深潜运动健康实验室、大型户外攀岩墙、多功能用途的汉白玉广场，人均体育场地面积达到了7平方米，是国家公共体育场地标准2.26平方米的3倍多。就同我最初的预想一样，大梅沙不仅仅是办公和会展中心，也是公园，是实验室，是运动场，是博物馆，是不断变化、不断创新的碳中和社区。

碳中和社区的做法，简单概括，就是监测碳排放的情况、部署减排综合解决方案，再将减排的努力转化成为碳资产。所谓中和，举例来说，如果目前有17%的绿电供应，那么剩下83%都不是绿电，就需要付费寻求其他方式来解决掉，从而达到中和。国际奥委会中心就是这个做法，在15%自发电之外，汉堡城市港街边花卉：多星韭。见过大葱开花吗？百合科葱属植物，只是其叶子不适合做厨房佐料，其花色泽艳丽美观。

全草味辛，具有祛风止痒、活血之功效。

多星韭

是 85% 的付费，要有偿使用他人提供的碳资产。

零碳愿景，我的理解更多还是碳中和。第一是提高能源的使用效率。第二在提高能源效率的基础上，尽量使用绿电。在绿电不能使用的情况下，通过购买碳汇来平衡，达到碳中和。我想从行为上来讲，一个人可以这样做，一个企业可以这样做，一个社区、一个城市、一个国家也可以这样做。可以想见，在气候变化的形势下，全世界都将行动起来步入碳中和时代，那么碳汇市场交易一定会是一个非常庞大的交易市场。

在碳中和社区方面，现在中国还没有建立标准。目前碳汇市场上更多的也还是与行业相关的，像电力、冶金、交通，涉及房地产也多是建材这一方面。对建筑本身是有明确要求的，但不是从碳汇角度来讲，而是从提高能源效率而言，即碳排放要减少，这是一个非常硬的规定性指标。我想，这个新规定在未来几年内会开始执行。执行之后，我的行动又能够使我提前一步达到标准。低于标准的部分，就又形成了碳资产，可以用作交易了。当然，初步阶段中国的标准相对还是会比较低的。仅仅参照中国标准，可能难以走向国际进行交易。所以我现在做各项改造，都是按照第一方阵的标准开发一个达到国际标准的产品，争取在全球范围内都走在前面。我自己能明确感觉到的就是，这里存在一个非常巨大的商业机会，这是至关重要的判断，我不投入去做，就是对不起我自己。

小房子：17 英里

刚才说的是大房子的故事，还有小房子——就是 17 英里，我在深圳面积 350 平方米的住所，也作了改造。这个改造项目

海边的 17 英里

有一个非常明确的参照系，就是美国的落基山能源研究所所长的家。他设计的这个家是百分之百能源自给的，坐落在滑雪圣地落基山的半山。我是在冬天的时候去拜访他的，大雪纷飞的时节，他的房间里边却温暖如春。给我印象最深刻的是他的客厅里有一个迷你的小植物园，其中标志性的就是两棵香蕉树，树上结着一大串香蕉。这是何等场景？大玻璃房外面雪花飘落，房内靠着自己的电，做到了让人置身香蕉树下。

我回来以后，就很想也拿一栋房子来作这样的改造。既然是改造，就不能停留在他的水平上了，想比他的标准更高。现在按照规划，改造完成到使用预计就在 2023 年。内装修是我太太主持设计的，可能也要花点时间。我不会去还原屋外大雪屋里香蕉了，因为在南方很热，冬天不会下大雪，长出香蕉也不是什么难事。所以这个反差怎么呈现，我还在考虑。

目前，17英里输出的电，一半供我自己使用，一半输出给大梅沙中心。按照我的设想，在第二期的改造工程中，再动员五个邻居参与改造，就能够覆盖大梅沙剩下的15%非绿电。这里涉及很多技术问题，像能源储存需要联网，等等，目前都是可解决的。因此，2023年改造完成之后，我们就可以很自豪地宣布：大房子和小房子是全世界范围内第一个成功打造的碳中和社区！它百分之百绿电供应，无须再买碳汇，它有办公处，有居所，有商场，有山水，有运动场所，它满足人们对未来美好生活的期望……

2022年6月6日

铁人三项赛

一早驱车离开汉堡，避开因铁人三项比赛而被封闭的交通道路。傍晚7点返回汉堡，竞赛仍在进行，进入最终冲刺阶段。

20世纪70年代初，一群体育官员在美国夏威夷争论什么运动项目最具挑战性，最能考验人的意志和体能，有人提出，谁能在一天之内在大海里游泳3.8千米，环岛骑自行车180千米，最后再跑42.195千米的马拉松，就能称得上真正的超级运动员。于是，第二天就有15人参加了比赛，其中还有一名女选手。最后有14人完成了全程。

于是，一项新型体育运动项目就在这种充满戏剧性和冒险

骑自行车出行的德国人

性的情况下诞生了。人们把这项连续一次性完成游泳、自行车和跑步的综合性体育运动项目称为“铁人三项”。

在德国，能感觉到运动的氛围很是浓厚。尤其在德国北部，打交道的职场男女个个精瘦、精气神昂扬。只要和他们谈到运动，话匣子一下就打开了，关系也即刻亲近了。足见保护生物多样性、运动精神与健康、绿色低碳与未来是超意识形态、超国界的共同语言。

德语中有一个词语“Leidenschaft”，意为狂热、酷爱，用这个词来形容德国人对自行车的热情毫不为过。

在公共交通中，除 ICE（最快列车）外，火车系统支持携

在汉堡旧码头改造区的螺旋桨雕塑前
（摄影：洪海，2017 年 12 月）

带自行车出行。城市中，地铁和城铁也都设置专门的自行车车厢。人们可以畅通无阻地在城市之中穿梭，实现骑行和公共交通两种出行方式的无缝衔接。

对德国居民来说，自行车相当于在中国手机对于老百姓这样普遍。

行车路上看到德国的风能发电机，可以想见风能对于德国实现气候保护目标和减少对俄罗斯化石能源的依赖将起到越来越重要的作用。受俄乌战争影响，可再生能源的快速扩张变得更加紧迫。

从保护生物多样性视角来看，扩大风电需要更多土地，将对物种保护产生影响，因此也是风力发电机建设不被批准的主要原因。目前，德国将首次制定全国统一的风力发电机测试和批准标准，在保护鸟类的同时，风力发电机未来会普遍被允许进入景观保护区，即在发展风力发电的同时保护鸟类，取得一个平衡。这样的态度和做法值得借鉴。

2022年6月7日

基尔运河“硬闯”记

周末，我们计划到基尔这座港口城市去划赛艇。电话一联系，对方回复我们：“周末放假，基地没有人。你们换成星期一、星期二再来就没有问题，有人接待。”但时间安排不过来，我们只有周末有时间。

于是6月5日晨，驱车基尔运河，准备到那再说。过去有“硬闯”的经验，都是划赛艇的，大家在一起很亲切，而且我

泛舟基尔运河

还有一个亚洲赛艇协会主席的头衔呢。

到了那儿，码头上有一家三口正在晒太阳。我们便去搭讪，坐着的男人告诉我们，他是这里的工作人员，听说我们想划赛艇，尽管今天不工作，他还是电话通知了经理。电话接通，经理回复："我就住在附近，20分钟就到。"

经理到了后说："既然没人接待，我们就把艇库打开，你们自己划吧，我就在岸上看你们。"

于是穿越继续，划得畅快！

午饭时刻到了，我们邀请经理给我们介绍一个有趣的地方吃饭。经理立刻答应，说我领你们去。由他带路，来到运河上的一座大桥，桥上的大吊箱起摆渡的作用。大吊箱贴着河过——这个吊箱多大呢？上面可以停两辆车。所以每一次吊箱可以装两辆车，其他车就等在后面排队。有万吨船过来的时候，吊箱就被拉上岸；等到船过去了，吊箱再回来。

运河旁边有餐馆，我们一行进去一块儿吃饭。正吃着，突然听到国歌声，抬眼望去，中国国旗也升上去了。再看港口，原来是中国的船过来了，所以升起国旗奏起国歌。在异国他乡听到国歌，让我们很是激动。

没想到没过多久，又奏起了英国国歌，

来自弗莱堡的陈博士知道我们下一站是科隆，提议约一下华人体育达人赵勇，“2021年铁人三项法兰克福欧锦赛，纪录10小时22分18秒完赛，不是他历史最好成绩。”“嚯，超人！好啊，当晚到科隆会直接去攀岩馆，在哪会面？”

喜相会，运动会友。赵勇第一次接触攀岩，但身手矫健，上手很快！不愧是铁人！

对很多人而言，攀岩很陌生，好像是一项玩命极限运动。其实，攀岩尤其室内攀是一项安全、不同年龄均可参与的休闲运动。常常能看到孩子和爷爷同时在岩壁上。

在德国，攀岩运动普遍流行。调查数据显示三分之二攀岩者是男性，而整体年龄跨度从8岁到80岁不等。在为期5年的观察中，男性受伤有22例，女性有8例。最常见的受伤是在保护中犯了低级错误，如不当使用保护器导致摩擦下降或者失效造成短距离的坠落。受伤者中近一半是有一定经验的攀岩者，17%是初学者，20%是相当有经验的爱好者，10%是专业攀岩人员。轻微受伤者为一半，13%的人伤势严重但没有生命危险。危重的受伤者，会有多处骨折及腹部损伤。

在科隆攀岩馆和体育达人赵勇会面

眼看着英国国旗也升上去了，是英国船过来了。

后来我们才知道，基尔运河是国际运河。二战之后，它就按照国际公约的方式，有哪国船过来，就奏哪国国歌，升哪国国旗。

参观运河后，又去岩馆攀岩，尽兴而归；复返汉堡，迅速沐浴。一本正经变换生活节奏，坐到了音乐厅对面的咖啡馆，在音乐会之前20分钟，用咖啡、松饼权当晚餐。

音乐厅矗立于城市与港口之间，是将码头旧仓库与新颖的玻璃结构和弧形屋顶合为一体的新颖建筑，成为海港汉堡面对未来的新地标，2017年建成营业。2018年访问汉堡特意参观这座音乐厅，尽管是预约安排，仍排队了一个小时，典型的打卡点。建筑内除了设有三座音乐厅外，还有酒店和公共观景平台，凸显出新地标建筑面向所有人的特点。

新旧融合的建筑光彩夺目，呈现出巨大的对比和航海城市的风情；勇气、创造力、创新理念和对世界开放的胸襟融入了建筑以及建筑所在的城市中；这是粗犷和精致、新与旧对比的最佳结合典范。

2022年6月8日

巴斯夫湛江签约记

在德国，按例拜访中国驻德国大使。一见面，吴恳大使就告诉我，德国的大企业巴斯夫在广东湛江有一个投资100亿美元的大项目。两年了，巴斯夫的首席执行官马丁·布鲁德穆勒一直没有机会实地考察。不了解具体的情况，连董事会会议都开不了，马丁很是着急。

大使也束手无策，不知道有什么渠道可以提出申请，缩短隔离的时间，让马丁尽快到当地考察和工作，就像冬奥会的运动员们来中国一样。我听着，心里有了数，这个忙可以帮。对于我的反应，大使觉得欣慰，但看他的表情，我知道他并不寄希望于我能帮他解决这个问题，我会有什么办法呢？

离开大使馆，我就给冯楠打了一个电话，请他将情况反馈给广东省外办。这次穿越全球，我本身就受到深圳、广州、广东外办的委托，所以联系他们并不突兀。再者，我也知道，原深圳市委书记王伟中前不久上任广东省省长，凭他对经济的重视，像巴斯夫这等重要企业遇到了这样的情况，他一定会作出安排。

果不其然，第二天早上我收到了冯楠来的短信，他说王伟中省长非常重视，已经让湛江市做好了接待工作。

小雨，在科隆体育大学进行“运动与康复”交流。离开校园后直奔岩馆。三小时后，晚餐时间已是10点钟。哪家餐馆还在营业？明日受新结识的内河航道国际组织（IWI）主席鲁迪·范德温（Rudy Van der Ween）邀请，临时加场，前往比利时穿越运河。

Belgium
France

第七站

比利时
法国

2022年6月8日

根特印象

雨中，从科隆驱车3小时，抵达比利时港口城市根特，一座有着20万居民与7万大学生、充满活力与魅力的水城。

在莱比锡会议上，我认识了内河航道国际组织的现任主席和刚卸任的前任主席。与他们谈到大运河穿越，前任主席就特别提道：你们没有安排比利时的运河吗？要知道这里的运河在历史上扮演了非常重要的角色。

走着走着，运河文化又连接起来了。第一次见面，就建立起了共同语言和良好关系。他发出这个邀请，我们就即刻接受。临时决定去法国之前，先去比利时。

在中世纪，根特曾是欧洲仅次于巴黎的商贸中心，因英法百年战争而衰退，至今仍能从城市的雄伟大教堂感受到曾经的富裕和辉煌。

听闻过“陆徵祥”这个名字吗？这位曾率中国代表团参加了一战巴黎和谈协议，因签订了对中国极不平等条约，而发出“弱国无外交”的激愤和感慨。晚年隐居于根特市圣安德隐修院。为了嘉奖他虔诚的宗教信仰和不畏纳粹强权的精神，罗马教皇亲自任命他为圣安德隐修院名誉院长，死后安葬于圣安德隐修院。

在根特老城中心，运河的一侧寻得攀岩馆，虽挤在巷子里，却别有洞天，高手云集，北美、英国，欧盟国家的攀岩馆众多，来自中国的攀岩水平无法与他们同日而语。我留恋运动交流切磋、不言放弃的氛围。不觉3个小时已过，古城的餐馆打烊，晚餐没了着落……

罂粟科的虞美人，一种十分常见的野花，长在草地、荒地、庄稼田里，如何成了比利时的国花？

第一次世界大战期间，加拿大籍军医约翰·麦克雷（John McCrae）跟随所属部队来到比利时西部的法兰德斯地区，在这里亲手埋葬了自己的好友。就是在那个时候，他看到那漫山遍野迎风摇曳的虞美人。第二天，他写下了《在法兰德斯战场》这首诗：

在法兰德斯战场，
虞美人迎风开放。
开放在十字架之间，
一排排一行行，
标示我们断魂的地方。
…………

诗篇感动了成千上万人。虞美人成为纪念一战阵亡将士的标志。

一战结束一百多年后，每年的11月11日，在英联邦国家（英国、加拿大、澳大利亚和新西兰等）及法国、比利时等国，数百万人会佩戴上“红罂粟”纪念一战。

比利时国花虞美人

2022年6月9日

欧洲大学之母

沿布鲁塞尔运河晨跑。运河曾是布鲁塞尔与比利时主要海港安特卫普，以及煤矿和冶金业的发源地夏勒罗瓦之间的重要连接。然而，在经历了战后经济恢复以及向服务型经济的转型后，运河沿岸留下了废弃的工业遗产和脆弱的社会经济结构。而今，在城市结构上，这个过去被忽视地区的位置被新的区域交通网络改变了。布鲁塞尔运河地区的发展将会为这座城市提供新的支柱。

运河上建立了赛艇标准赛道，曾多次举办国际赛艇锦标赛。在根特市皇家赛艇俱乐部，同 IWI 主席、比利时国家赛艇队总教练、皇家赛艇俱乐部主席四方共同呼吁："净水、零碳、零废弃，全人类共同努力！"中国深潜队来了，组成混合队：一条四人双桨、一条双人双桨，划行 9 千米，爽！

运动后签名活动达到小高潮！

此行短暂，但收获颇多。本来对比利时的认识并不深刻，去了之后才知道，在欧洲的运河系统当中它的知名度是非常高的。

比利时的运河文化非常发达。历史上，它是经济贸易的一个重要枢纽站，在欧洲，几乎仅次于英国、德国、法国和意大利。它之后的衰落也与铁路取代运河有关，所以它和扬州很相似，都由运河而文化繁荣，接着衰落下来。欧洲与中国的运河城市面临着一样的问题和相似的机遇。

比利时受法国文化、荷兰文化、德国文化的影响非常深。所以，比利时除了本身有比利时语言外，还有法语区、德语区，

在布鲁塞尔运河泛舟

共同签名表达环保意愿

所以虽然面积不是很大，但是它属于文化交流非常频繁的地方。而且，比利时的布鲁塞尔大学与“欧洲大学之母”——意大利的博洛尼亚大学还有相当深的渊源。50 年校庆之际，布鲁塞尔大学以“女儿”的身份写信给博洛尼亚大学，作为对欧洲大学教育先驱与样板的“母亲”的敬意。

离开布鲁塞尔之前，到岩馆攀岩两个小时。不想在嘈杂的车站附近午餐。机灵的岩馆小哥说：“可以留在岩馆用餐，顺便探讨攀岩体会。”“好啊，为什么不呢？”

咖啡、气泡水、热三明治——简单的食物，已是攀岩文化

窗外，巴黎郊区，早！

的一部分。而集健身、娱乐、竞技于一身的攀岩运动正受到越来越多青少年与儿童的喜爱，在世界范围内流行。

餐毕叙毕，出发赶赴前往巴黎的火车。

2015 年，我领衔的中国企业家代表团来到巴黎参加气候大会。这次会议，决定了全球气候变化领域基石性文件《巴黎协定》的签署。“把全球平均气温升幅控制在工业革命前水平以上低于 2℃之内，并努力将气温升幅限制在工业化前水平以上 1.5℃之内”，是文件的核心内容。

后来的 2019 年，尽管巴黎发生恐怖袭击，我还是坚持率团做工作访问。今年赛艇穿越，算是故地重游。

此行坐火车，身边行李不少。火车运输要比公路和航空运输造成的污染小得多。根据数据，交通占温室气体排放的 20%。2018 年，公路旅行排放量占 71.8%，民用航空占 13.2%，海运占 14.1%。相比之下，铁路交通只占 0.4%。欧盟实现碳中和的目标包括到 2050 年将交通排放量减少 90%。

2022 年 6 月 10 日

塞纳河上逢故友

应邀参加巴黎高等商学院（HEC Paris）的毕业生典礼。

HEC 创立于 1881 年，是法国最负盛名的商学院。作为商业领袖的摇篮，其担任世界 500 强企业 CEO 的校友数量超过欧洲所有院校，被《金融时报》评为“欧洲第一商学院”，与哈佛商学院、沃顿商学院、伦敦商学院齐名。它的国际学生来源，中国排第一位，德国排第二位。与学院也算是“故交”，之前来巴黎参加气候大会的时候，我曾带领欧美同学会 2005 委员会和深潜企业家参访巴黎高等商学院，发表中国企业应对气候变化的主题演讲，并与学院赛艇队共同划船，后来还受邀担任了巴黎高等商学院的国际顾问。

这是疫情之后我第一次参加这样无束缚的大型聚会，心中无限感慨……

在我印象里，年轻时几乎没有经历过特别隆重的毕业典礼。大学在兰州铁道学院，是工农兵学员，学习完知识就结束了，基本上没有仪式的概念。真正参加一场毕业典礼活动，还是在哈佛。哈佛大学的毕业典礼有学校和学院两个层面，是先后同时进行的。学校的仪式是比较大场面的，会请来很多校友，还会讲究名人效应，请来有份量的嘉宾，请来天才的、有影响力的文艺界人物来表演。我记得有一次就非常隆重，请来了马友友。因为是中国人，自然就有一份自豪感在那。马友友那时已经是国际上非常著名的大提琴演奏家了。他的演奏非常成功，而且后来和现场的互动、即兴表演，都成了会上的高潮，给我留下了很深刻的印象。

周年校庆就更像一场大聚会一样，进场退场时有很多人是坐着轮椅的，颤颤悠悠的，他们是很早以前的毕业生了，还是会坚持聚在这个当年一起学习知识的地方。这让人尤其感觉到一种学校的凝聚力。

学院层面通常就更关乎当年毕业的学生，会为他们培养的学生组织一场告别仪式，学生家长都会来观礼。我当时在哈佛的城市规划设计院给学生做讲座。正逢毕业典礼，中国的留学生便邀请我去。学生一个一个上台领颁发的毕业证书，微笑致礼，场面感人神圣。学生通过这个过程，也对这段生涯有了一

穿礼袍参加巴黎高等商学院的毕业典礼

个很庄重的告别。女儿在纽卡索大学服装设计学院的毕业典礼，我也在现场，感觉到的是深深的喜悦与欣慰。

这次在巴黎高等商学院很是特别，几千人聚在一起的典礼，整个场面热闹非凡，就像一个运动场一样。

这次，我也不是坐在台下当听众，而是穿上一身礼袍，披上蓝肩带，加入那些院士、教授、学院院长的队伍里。我和他们一起坐在台上，感觉是忐忑不安，万一让我讲两句话，我该讲什么呢？我心里嘀咕着，汗悄悄地冒了几回了。观望了好一会儿，心才定了。不用我讲什么，只要颁发学位证书就行了。

按流程，各个学院都会有一个毕业生代表上台来做讲演。我很明显感觉到，男性讲得不如女性。许多女生上台讲，真是神采飞扬，仪态、语调等把控和发挥得十分精彩。我不禁感慨，当今社会上的女性真是非常优秀。开着开着，总算出来一个男生，是个才俊，很流畅地在台上讲。忽然又停下不说了，手从兜里掏出了一个戒指，立刻全场都轰动了，这时候他又开口，深情地朗诵了一首诗。会场中间的道上，一个女生缓缓走上了台。于是这个男生单膝跪地，向她求了婚。扩音器里播放着嘹亮的摇滚乐，大家都在欢呼歌唱。我心想，这是大学的毕业典礼吗？这就是一个大派对啊，真的让人感觉到完全的年轻、自由与浪漫。

毕业典礼结束，法国站的赛艇穿越首先来到巴黎塞纳河。卢浮宫、凯旋门、红磨坊、枫丹白露、凡尔赛宫、埃菲尔铁塔、巴黎圣母院、老佛爷百货、香榭丽舍大街……巴黎以密集的世界级旅行地标而著称，这些地标都被塞纳河连接，并被这条河塑造。

蓝天巴黎，金色阳光塞纳河，我们与法国 Boulogne 92（原名 ACBB）赛艇俱乐部的成员联桨泛舟，畅划 8 千米。舵手是法国奥运老手，节奏把握张弛有度，将第一次合作的不同肤色的划手调动得生龙活虎，尽显赛艇风采！一路向西，往巴黎核心地划去，沿岸就是巴黎乃至欧洲文明核心区，一部打开的欧洲历史在艇边徐徐展开。

2015 年我也曾拜访过这个成立于 1956 年的俱乐部。七年之后我们又在塞纳河上再续运动情谊。来到巴黎，满眼旧时相识，也有新朋友——法国赛艇协会国际事务主任米利安·高戴特，他说这是第一次与中国的赛艇俱乐部一起划船，划得畅快！

在塞纳河上与法国新老朋友再续运动情谊

2022 年 6 月 11 日

法国的“产床”

清晨，深潜全球运河穿越小队再次来到塞纳河畔，法国赛艇协会成员率队的巴黎高等商学院学生，组成两艘八单赛艇，塞纳河逐浪比赛！

塞纳河穿城而过，两岸风光无限。你可知道巴黎还有一个运河体系？运河体系由圣·德尼运河、圣·马丁运河和乌尔克运河组成，同塞纳河连通成网。130 千米的航道，形成完整的航运体系，连接大巴黎和皮卡第两个大区的五个省，在全法国首屈一指。

在全国范围内，法国的通航河道网主要是由天然河流和人

再次逐浪塞纳河

工运河构成的，其中人工运河的长度占了全部通航河道的 2/3。可以说，法国的运河系统非常发达。

运河的发展史，几乎也是法国的发展史，法国的很多城市都是由河边的村庄城镇发展起来的。

说到塞纳河与巴黎和法国的关系，河中间的西岱岛可以说是法国的“产床”，是政治和宗教的中心，其历史可以一直追溯到两千多年前的古罗马时代。

1163 年，西岱岛开始修建圣母院，哥特式教堂对欧洲的“领导”就从这里开始，后来由于雨果名著《巴黎圣母院》的加持，卡西莫多和艾丝美拉达的故事带动圣母院、西岱岛、塞纳河乃至巴黎和法国，走向全欧乃至全世界。

其实对法国人来说，更重要的是这地方孕育了精神意义上

你几点起床?

的法国。西岱岛本来是宗教中心，圣母院又修了几百年，留下来了大批讲拉丁语的工匠、教士，形成拉丁区，他们构成了文化人主体，有了他们才有神学院和大学——巴黎大学诞生了。

也可以说，塞纳河孕育的知识、文化还塑造了欧洲。英法百年战争时，巴黎大学的英国人跑回国内，把大学的种子带到牛津，之后有了牛津大学，而剑桥大学又脱胎于牛津大学。

生活在旁边卢浮宫的国王、皇帝，都要在圣母院加冕。人们最熟悉的画面——拿破仑将皇冠从教皇手里抢过来，戴在头上的故事，也在这里发生。塞纳河见证了所有，也见证了深潜与法国赛艇协会、巴黎高等商学院的握手。走到哪，划到哪，情谊连到哪。

2022年6月12日

可持续的衣食住行

应法国“吴建民之友”协会邀请，在法国巴黎与法中环保文化促进会的旅法华人座谈，探讨国际双碳趋势以及中国企业的机遇和挑战。

吴建民先生曾为毛泽东、周恩来、陈毅等国家领导人当过翻译。在中华人民共和国恢复联合国的合法席位后，他跻身常驻联合国的第一批工作人员之列，1998年到2003年，出任中国驻法兰西共和国特命全权大使。

我与吴建民大使是好朋友，也非常认同他所倡导的“爱祖国、爱人类”的理念。此刻我身在法国，就是想用环保、国际公益和划艇运动来促进各国人民之间的交流与理解，呼应吴建民对民间外交的倡导。

座谈会上，法中环保文化促进会会长王琳洁女士介绍了协会这两年来在法国当地推动“低碳生活”“零碳社区”“城市生态农业”等方面的工作，他们力图围绕衣食住行，倡导“可持续生活方式”和“企业生态转型”。

2022年6月13日

古丝绸之路的终点

窗外，巴黎—里昂快线：飞驰在希望的田野上……

法国传统小农经济的特点是小而全，自给自足。本来只有一亩三分地，既种粮，又种菜，还得围栏垒圈，喂猪养牛，农活太多，结果啥也做不好。

在政策推动下，农场规模扩大，机械化程度提高，专业化顺其自然水到渠成。巴黎盆地土地肥沃，大力种植优质小麦；西部和山区草场资源丰富，重点发展畜牧业；北部气温低，大规模种植甜菜；按照地中海地区的传统，扩大葡萄种植。农业生产分工越来越细，效率越来越高，收益也越来越可观。法国农民人均收入达到了城市中等工资水平。

目前，法国粮食产量占全欧洲粮食产量的二分之一，农产品出口仅次于美国，居世界第二位，既是欧盟最大的农业生产国，也是世界主要农副产品出口国。法国作为欧盟第一大农业生产国当之无愧。

清晨，我们来到风光旖旎的索恩河畔。就在索恩河和罗讷河的交汇处，诞生了里昂。法国人把流经里昂的隆河比作父亲

晨跑，路两旁行道树——欧洲椴树，被修剪成整齐划一的矩形，典型法国园艺风格。

椴树被称为“行道树之王”，树形优美，是巴黎主要的行道树，也是世界三大行道树之一。

椴树有点类似中国北方农村的老槐树，中欧的很多地方每条村落中心都有一棵大椴树，树下经常是聚会碰头、交流信息或者是举办婚礼的地点。初夏的舞蹈节也会在树下举行。

日耳曼人有在椴树下举行集会的传统，这里经常成为村法院，椴树也被称作“法院树”。与欧洲橡木相对，椴树常被认为是女性的，在日耳曼人心中，椴树是神圣的。

由于翻译的原因，中国将欧洲椴树翻译成“菩提树”，构成美丽的误会。

欧洲椴树

河，把索恩河称作母亲河。便利的水路交通，成就了城市的繁荣，也自然孕育了城市名片埃维昂（Aviron）赛艇俱乐部，它已经有一百多年的历史了。

埃维昂赛艇俱乐部主席克里斯蒂安·鲍德讲到，他从十三四岁就加入了俱乐部，两年前成为主席，目前俱乐部有成员 480 人，他们的目标是成为法国前五的赛艇俱乐部。他还告诉我，接待来自中国的桨手还是第一次，心情兴奋。很快，我们坐上同一条赛艇，40 分钟完成了 8 千米晨划。

李基铉没有忘记那面从中国带来、旅行几万千米、倡导“零碳排、零废弃、水环境保护”的旗帜。大家签名支持后，克里斯蒂安·鲍德也向中国桨手颁发了带有埃维昂标识和象征和平的橄榄枝花环的纪念奖章，这是俱乐部悠久的礼节。

划行结束后，我接受了法国唯一的赛艇专业杂志《MAGAVIRON》的采访，介绍这次跨越东西半球的连接故事。与我对话的记者完全听得懂我所表达的赛艇推广、环境保护以及民间交往的意义。

埃维昂俱乐部的教练宝琳娜·洛扎克听到我联系赛艇与环保的主张，深有感触。她告诉我，里昂市现在就是这么做的，当地规定，运动组织如果想申请公共资金，必须要把环保公益项目纳入计划之中。

普通国人想起里昂，第一反应大约就是足球，里昂队是欧洲五大联赛中第一支七连冠队伍，高频出现在 CCTV-5 解说员口中，其他的印象可能不多了。但如果你问当地人哪座城市最“法国”，得到的答案不会是巴黎，而是这座南部城市——里昂。支持里昂地位的一大原因就是味蕾，它被认为是世界美食之都。美国著名美食家威施伯格在吃遍里昂后评价说：“美国

赛艇穿越法国母亲河里昂索恩河

人谈车必提底特律，法国人谈吃必提里昂。”

如果要在中国找个与它媲美的城市，那么应当就是广州。实际上，广州和里昂自1988年就结成了国际友好城市关系，双方联系很是深入。这次赛艇穿越来到里昂，也是受广州所托进行交流。“食在广州”与“吃在里昂”，又是一场有意思的“双城记”。

里昂与中国的渊源，最早可以追溯至文艺复兴时期，它曾是古丝绸之路在西欧的终点之一。从17世纪末开始，为引进丝绸纺织技术，里昂派出人员向东取经，前往中国南方学习养蚕制丝的工艺。

到了20世纪的1921年，中法大学成立了，这是中国近代在海外设立的唯一一所大学类机构，建校经费来自捐款以及庚子赔款余额，开创者可以追溯到蔡元培和李石曾，以及当时的里昂市市长赫礼欧。中法大学究其实质是附属里昂大学的学院，专门负责赴法中国留学生的生活食宿，为他们创造稳定的学习环境。

当时，许多留法勤工俭学的中国学生经济陷入窘境，学业难以为继，里昂中法大学创办的消息让他们重新燃起求学希望。然而北洋政府却声称里昂中法大学不接纳留法勤工俭学学生，仅招收从国内来的学生。这便成了"争回里昂中法大学"运动的导火索。时任天津《益世报》派驻法国的特约通讯员——周恩来于是撰文疾呼："途穷了，终须改换方向。势单了，力薄了，更需联合起来。"1921年9月，蔡和森、赵世炎、陈毅等上百名勤工俭学学生代表，为争取"生存权、求学权"，以"入校"名义进入里昂中法大学。

里昂至今保存着"里大运动"参与者签署的名单，20世纪20年代面向在法中国青年的共产主义宣传单和期刊，呼吁里昂人民支持中国青年进入中法大学的文件，周恩来在贝利埃工厂（一家重型货车工厂）工作几周的资料，等等。2016年，在中法大学原址上建立的新里昂中法大学博物馆，也保留并讲述了这段历史。

如今，中法大学依然是中法留学生双向交流的重要机构。"这里是一个具有历史意义的地方，也是一个可以帮助里昂地区和中国全面发展合作关系的机构"，中法大学总经理艾诺德先生说。这两年疫情，双方的交流一直是在线上。他真诚地向我表示："我们特别希望能尽量恢复往来，面对面交流，与中国各地特别是友好城市广州，开展新的合作项目。"

深潜代表团与参加活动的嘉宾在记录中法学术交流历史的雕像前合影（该雕像于 2014 年由广州市政府赠送，呈现了 10 位与里昂中法大学关系密切的中国学者，其中包括学校奠基人之一蔡元培，学校培养的中国人才常书鸿、戴望舒等）

中国工商企业、留学生联合会、环保 NGO 齐聚中法大学旧址，我见到了许多黄色的面孔，海外的华人们如今都在社会上扮演着重要的角色，何其出色，不胜感慨！一起谈疫情，谈环保，谈俄乌战争，谈后疫情动向……

席间，一位企业家问我：“你曾热衷于登雪山、飞滑翔伞，现在又专注于推广赛艇运动。你的兴趣点的转移是什么原因？”

我答：“喜新厌旧，人性如此。”众人笑。

当然，和环境、年龄、条件允许都有关系。比如，登珠峰的费用很高；年轻时候喜欢踢足球，到了 50 岁踢不动了，只有改其他的。划赛艇 29 年了，属于有氧运动，但无氧锻炼不够，

滑翔伞起飞的一刻，在四川绵竹九龙镇滑翔伞基地（摄影：洪海，2018 年 4 月）

又加了攀岩，对减缓老年肌肉流失很有好处。再者，攀岩是动脑筋和身体运动相配合的，从脑神经学角度看，能减少患阿尔茨海默病的概率……

2022 年 6 月 14 日

核能源潜力几何?

里昂隆河，八人单桨混合队，里昂赛艇俱乐部主席领桨手，接下来彭立 7 号位，我 6 号位，锡晓 5 号位，史印夫妻 6、7 号位……

隆河从瑞士入境，通过里昂，与索恩河汇流，之后又分为两支，形成三角洲，继续向东流入地中海。

法国境内的隆河沿线，都部署了系列核发电站。几日前在法国电力公司总部会见了首席技术官伯纳德·撒尔哈（Bernard Salha），交流并学习法国在推广包括核电等新能源的经验做法，寻求核电与碳中和社区建设的结合点，探讨未来合作的可能性。撒尔哈先生是中法两国核电合作领域的资深人士，也是个十足的“中国通”。自20世纪90年代起，撒尔哈先生就代表法国电力公司参与相关项目的合作，包括中法在深圳合作的首个核电项目。

当今碳中和趋势，核能扮演什么角色呢?

法国人似乎比其他民族更喜欢核能。法国电力公司总工程师的逻辑是:“生活在法国，我们没有石油，没有天然气，没有煤炭，选择核能来发展国家能源是非常有必要的。”

早期的法国民用核能工业在一定程度上是冷战时期发展独立核武器系统的产物，但演变成了大规模的民用核计划，因为法国想在能源上独立自主而不依赖其他国家。

法国有能力以负担得起的价格获得核燃料。

资料显示：法国的核燃料每年使用约9 700吨，绝大部分原料来自加拿大和尼日尔。 全世界最大的铀矿生产国是澳大利亚（28%）、哈萨克斯坦（15%）和加拿大（9%）。

跨国运输核废料是被联合国禁止的。法国所有的核废料目前都存放在法国本土。目前的计划是在法国南部城市布雷附近建设新的核废料储存设施处置中心，加上新的核废料浓缩处理技术，预计可以满足核废料储存平衡需求。

你怎么看?

Italy

第八站

意大利

2022 年 6 月 15 日

米兰生命线

零点抵达罗马，问声：早！

台伯河位于意大利中部，全长 406 千米，源头是亚平宁山脉的富默奥洛山西坡，最后流入第勒尼安海，其流域覆盖范围可达 17 375 平方千米。罗马位于河口以上 25 千米的东岸，而台伯河亦由于为罗马提供水源而闻名于世。古罗马城建立于此河畔，因而享有“罗马文明的摇篮”的美名。

在米兰运河上划赛艇，清爽惬意！

米兰是世界时尚艺术中心之一，世界半数时尚奢侈品牌的诞生地；米兰大教堂，是世界上最大的哥特式建筑。但要是提到运河，你对米兰有什么联想？

窗外，阳光灿烂台伯河！

在米兰运河上划赛艇

在没有火车、汽车的年代里，运河曾是维系这座城市生存的重要生命线，米兰人的衣食住行等生活用品都经由这条水路输入，连修建大教堂的大理石也是从运河上运来的。20 世纪 60 年代，随着铁路和公路交通的兴起，运河被荒废，大部分被填平了。

近年，意大利米兰市政府重新整治修复了部分运河，令其迅速发展成为米兰最具艺术气息的时尚休闲生活场所。

米兰“垂直森林”，两座摩天“树塔”，包含 15 000 余株多年生植物和地被植物以及 5 000 余株灌木。做法：把等量于 2 万平方米的林地或灌木丛植被，集中在一个 3 000 平方米的城市建筑的表面上。建筑通过对绿植的追求来限制城市扩张！

2015 年世博会期间，此项目已封顶栽树，我曾特意勘查。7 年后的大厦森林，已然郁郁葱葱。

米兰“垂直森林”

2022 年 6 月 16 日

年过七十，不曾停步

深潜赛艇联队来到意大利普利亚大区首府巴里！

普利亚在哪？在意大利的东南部，就是“长筒靴”的“高跟儿”，意大利 40% 以上的橄榄油都产自这里。巴里，位于“跟儿北”，面朝亚得里亚海，出海后右拐就是地中海，是通向巴尔干半岛和东地中海的主要港口。

万里之外的广州，是巴里的友城，广东则是普利亚大区的友省。

C.U.S 巴里俱乐部隶属巴里大学，1944 年建立，也是意大利最大的大学体育中心，中心最早启动的项目中就有赛艇。这一次，我们开启的是海岸穿越，深潜组、巴里赛艇俱乐部的大师与普利亚大学生联队八人单桨。巴里清晨的气温已近 30℃，艳阳高照，万里无云，让中国人领会了什么是夏季的地中海气候。

这次没有在运河穿越，因为罗马人是以道路而不是运河工

窗外，巴里，早！

程见长，维系半岛的物流系统主要靠的是罗马大道。当年的罗马军团从首都出发，经过阿皮亚古道，能直达巴里，然后继续沿着大道抵达一百多千米外的布林迪西——普利亚大区的另一座城市。历史上恺撒追击庞贝，征服埃及艳后，屋大维击败安东尼和埃及艳后，斯巴达克斯起义，都和这条古道有关。

古罗马时代，人们也修了很多引水渠，但目的不在于交通，而是为了给城里人喝水和洗澡。

对深潜穿越小组而言，海岸赛艇并不陌生。在广东训练时

与巴里俱乐部的大师和大学生在一起

我们就经常接触海岸，海岸和运河的区别只是“涌”比较大。

意大利虽然是海中半岛，但天然良港不多，巴里是其中一个，其作为港口的历史能追溯到两千多年前，被誉为“通往东方的门户”。如今巴里有两个港口，一是用于小型渔船的老港，二是用于大客运渡轮的新港。

古老港湾的灯塔，见证过千帆万舸，也见证了我们从广州带来的情谊。

巴里港海湾赛艇之后，继续学习、工作、晒日光浴！

在巴里海岸赛艇上

国际运河城市赛艇穿越队，出发至今已 42 天，到过 26 个城市。一路上，先是小唐病倒，锡晓兄弟也有些顶不顺，到了巴里，彭立博士的肠胃也感到不适。出海时，只有李基铉和我上了艇。

状态不错，也不会水土不服，是因为我多年的生活方式如此。让我在学校一待 2 个月，一点问题都没有。但如果是在工作中，我就更适应三天换一个地方的节奏。从小时候，到后来当兵、参加工作、上学、创业，一直到现在，我习惯保持一个动起来的状态。如果不能运动，不能做刺激的事情，我反而会觉得无精打采。

这次穿越，每天的活动安排，基本是早晨划赛艇，上午拜会当地政府，中午与海外华侨及留学生交流，下午参观工业项目，晚来找一个攀岩馆攀岩。这就是一个比较理想且典型的日程。如果那天赛艇划了超过20千米，攀岩会取消，因为运动量足够了，不能过度。我这些年登七大洲最高峰，徒步穿越南极、北极，经历了各种各样的极端环境，对吃不讲究，住的环境也不太在乎，就这么都适应下来了。相比之下，这次穿越的条件要好多了，所以我非常享受这趟旅程。

善于保护自己也很重要。要在对自己的身体状况有数的情况下，再来安排自己的生活。我和别人都不太一样的是，我很擅长休息。常常是坐在车上，在前往会场的20分钟路程内，就可以睡得很熟。再比如工作的时候有理发或者化妆的间隙，我也能睡着。我抓紧一切空隙时间让自己休息，倒头就睡，这让我在做其他事情的时候，能够保持自己的精神状态是兴致勃勃的。

年过七十了，体力上确实会发生变化。就拿十年前相比，那时在哈佛的健身房里划划船机，速度是每500米2分20秒。现在变成了2分24秒，有的时候还达不到，不能一直保持了。所以真正要作比较的话，今时不比当年了，但是我的自信程度，却要比十年前好太多。

这不仅是一个简单的物理问题，而且还关系到个人心里的东西——你是不是觉得自己在做有意义的事情，当你认为你是的时候，你所认定的价值所在会更能刺激出你的动力，推动你往前走，这才是重要的。

回顾过去，从2015年的万宝之争到现在，可以说最终的结果是出乎预料，我算是被“扫地出门”了。那又怎么样呢？我始终坚信的是，我是在捍卫我自己认为做得对的事情。当时我们七八个人的团队在作决策，如何抵抗宝能。最终我走了，他们不会受到牵连，我打造起来的万科文化也被保留了下来，会继续散发光彩。很多人会看到宝能在整个交易过程中赚了几百亿元，他们理解这是成功。但对我个人来讲，真正重要的是我自己如何看待和把握这件事——我从来不认为这是一场危机。

从万科退下来以后，实际上感觉自己要做的事情很多，而且往前看是一片海阔天空。原来在万科，虽然有时间和精力去做一些其他的事情，但所作所为总是围绕着万科的，不可能仅

辞去万科董事长职务的第一天，晨练照旧（摄影：洪海，2017 年 7 月）

仅作为一个独立的个体。现在这个紧箍咒随着退休，可以取下来了。当然，也不是完全解脱了，在大家的心里，王石的形象和影响力还是与万科有着联系。

退休之初，我接受了两家公司的聘任，一个华大，一个远大。我当时承诺的是工作两年，时间上安排了 3 个 1/3 ，1/3 花在我自己想做的事情上，1/3 放在华大，1/3 放在远大。华大就在深圳，远大则在长沙，往往是高铁去，一趟待两三天。我在那里扮演什么角色呢？主要就是依靠我这么多年在企业管理上的经验，协助他们往前走。远大要做的产品是和环境、节能、低碳相关的，我到那里去，其实也是一个很好的学习机会。张跃先生本身就是关注生态环保的人，心志和事业都力图纯粹。举个非常简单的例子，远大的员工有一次在自己食堂吃饭的时候集体中毒了，经调查发现是蔬菜上有残留的农药。于是远大专门赶到郊区，与涉事的两个村庄签订合同，包下出问题的一千多亩土地，按照无农药、无化肥种植的方式，指导当地的农民进行生产，种地的同时还安排养猪、鸡等。最终产出的一切农产品，远大再按照高于市场价的 30% 进行购买。这就是远大处理几千名员工食品安全问题的方式。这样做企业，真的值得人尊敬。所以我接受了邀请，在它转型的过程中帮上了忙。

华大也比较特别。我和汪建 2003 年就相识了，那年我登上了珠峰，觉得自己是英雄。华大破解了 SARS 病毒，得到了国家领导人的接见，当然也是英雄。我们俩属于英雄相惜，加上我对分子生物学本身就非常好奇，所以成了好朋友。2010 年的时候，我们还一块登顶了珠峰。后来华大决定从北京搬出去，一开始考虑去苏州。我得知以后，作为深圳企业家，我了解各方面的情况，就建议他们去深圳。华大这个企业里有很多的科学家，在商业方面的知识相对就少一点。所以我在其中可以扮演的角色就更多，能发挥我自己的作用。

我加入了这两家企业以后，又收到了很多企业的邀请，我都没接受。因为我的时间已经不够分配了，仅仅让我挂个名，我也没兴趣。那会儿我也受到了很多质疑。因为像远大一年的经营规模是 30 亿元，而万科一年的利润就有 400 亿元。而华大呢，那个时候大家都不那么看好。别人的想法都是，你王石怎么去这两个公司了？去远大一定不是抱着什么投机心理了，那么去华大为什么呢？汪建给了你多少股票啊？

当时许多很有地位的商业管理的教授都受委托来和我谈，也是不理解我的行为，让我考虑别的选择。大家都知道我不是好钱的人，不会为了股票做什么事情。实际上，无论是华大还是远大，我一不要股票，二不领工资，三没有奖金。

你要问我喜不喜欢钱呢？我喜欢啊，为别人提供帮助，从自己付出中获得收入，本身是一件很好的事情。但是我没有要，不是为了显得很高尚，而是不想形成一个报酬关系。我不想受雇佣，我想要自由身，能够说走就走。所以，其他的邀约我都没有再接受了。

真的把自己的时间分成三部分之后，我变得非常忙。远大的逻辑相对来说比较清晰，我作为联席董事长，要做的事情都是清清爽爽的。后来也没满两年，提前一年就结束了那边的工作。华大的行业情况比较复杂，我做了两年，到了 2020 年，我就和老汪商量了，虽然第二年没能完全给出 30% 的时间，但两年的承诺也算是完成了。当时老汪给我的回应是："你可以只给 1% 的时间，华大需要你。"一直到现在，我们看到华大经历了那么多的风浪波折，尤其在遭逢疫情时，表现突出，一战扬

华大同行者宣誓仪式上，与汪建及 78 名华大同行者一起念出华大同行者誓言（摄影：洪海，2018 年 2 月）

名，各方面的情况都相当不错。

真正回过头来，我是一点都没停下。要说环境的变化，当然是存在的。现任万科董事长和名誉主席的差别，会让许多人的热情、好感产生变化，也让我有好几次体会到“原来如此”的瞬间。但这都是外部的，随着年纪的增长，不断进步的不是配速和成绩，而是我越来越能相信自己。如今我全力以赴自己的事业，再次变回了一个创业人员，正是出于对自我的忠实与坚定。在当前双碳经济转型的机遇下，我非常清楚自己能在其中发挥的力量和作用。冲锋号在耳边持续地奏响，推动着我不断前行。

2022年6月17日

达·芬奇的手笔

米兰运河四人艇双桨带舵手，河水清澈见底。河面上有赛艇、皮划艇，岸边有自行车者、长跑者、游客……

中世纪时，运河水系曾为米兰带来了巨大的财富。曾经长达50千米的大运河开掘于12世纪。200年后，人们又开掘了与提契诺河和阿达河相通的水道，将米兰和中欧以及大海连接起来。

文艺复兴时期，运河的修建进入高峰，在带来财富的同时也吸引了达·芬奇这样的人才。公元1500年前后，在米兰的一家修道院画完《最后的晚餐》之后，达·芬奇主持了运河的建造，并参与了船闸的设计。

19世纪的法国作家司汤达在看到纵横的运河后，赞叹道："米兰运河美过威尼斯。"

工业革命，公路与铁路取代了运河的角色，运河许多河段被填平……如今，振兴的米兰Naviglio运河已经成为米兰最大、最热闹的运河集市。

带队访问普利亚大区政府。这是疫情中断后，广东和普利亚大区交流的接续。

如果说普利亚、巴里是意大利的南方大门，而广东、广州也是中国的"南大门"。1986年，先是巴里和广州建立友好关系，2011年"亲上加亲"，广东省与普利亚大区结为友好省区，2020年，广东还向他们捐赠过医疗物资。

大区主席米歇尔·埃米利亚诺（Michele Emiliano）身材魁梧，欢迎来自中国广东的客人。他感谢疫情严重时来自广东的

与普利亚大区主席米歇尔·埃米利亚诺（左）合影

七架次抗疫物资捐助！中国人讲友谊，意大利人也重友谊，不忘患难之交。“我欣赏中国爱好和平的文化，如果其他民族也持有同样的和平态度，世界不会像现在这个样子……”

米歇尔赞赏中国人这些年取得的成就。政府秘书长克劳迪奥·史戴方纳兹也介绍说：大区面积虽然不大，但同样充满活

狐尾天门冬，名字很形象，只是你见过绿尾狐吗?

多年生常绿半蔓性草本植物，叶状枝纤细生于各分枝上，只是叶子退化成细小的鳞片状，原产南非，安家于其他大陆。

狐尾天门冬

力。不管是工业、农业，还是其他产业，普利亚与中国合作的意愿非常强烈。

政府副主席亚历桑德罗·德利诺奇又告诉我们，广东先进的技术和产品，以及发达的远洋运输，都吸引着普利亚政府。绿色经济和海洋经济是他们的发展重点，与广东一定有合作空间。欢迎中国企业家到普利亚投资，欢迎中国旅客到普利亚旅行；同时也希望大区的红酒、橄榄油销往中国。

曾读过弗里德曼的《地球是平的》，讲的就是全球化的问题。这次在疫情背景下出去，更能现实感受到这样的气氛。来往相对少了，如今到访，那种见到好朋友的亲切感真是难以形容的。

切身感受：中国离不开国际，国际也离不开中国。如何脱钩?

2022年6月18日

威尼斯密码

来到威尼斯，风景优美的运河网络编织的旅游名胜城市，你会联想起莎士比亚的《威尼斯商人》和圣马可广场，但你可知道历史上的威尼斯共和国是海上强国？凭借着雄冠整个欧洲的海上贸易，威尼斯共和国的商业利润达到了空前惊人的程度。

如此雄厚的财力，让威尼斯共和国组织起了一支庞大的舰队，到14世纪末期，威尼斯共和国拥有3 000艘商船，按照欧洲中世纪的标准，有多少商船大概就有多少潜在的“军舰”，只要改装以后安上大炮，那就是标准的舰队了。威尼斯海军也是最早通过有组织的海军造船厂与军械库在舰船上安装火药武器的海军之一，能够持续为船舶提供海上补给和修复。当时在威尼斯舰队中服役的有25 000至30 000人之多，这在欧洲是绝对不可想象的数字。在中世纪英国、西班牙、葡萄牙崛起之前，威尼斯共和国的海军舰队是全世界的No.1。它对地中海贸易和政治的控制和影响力，远远超过了其城市及人口的规模。

后来，崛起的奥斯曼帝国建立了更加庞大的舰队，与威尼斯人争夺海上霸权，威尼斯的领土根本无法和一个庞大帝国硬拼和消耗，商业地位日益衰落。1797年，城市被拿破仑征服，曾经的商业神话走向了最后的崩溃。

WWF的马可主席以家乡为豪，因此他建议深潜代表团穿越威尼斯大运河，感受“水城”的魅力，这就促成了此次全球穿越行动来到威尼斯的插曲。

威尼斯是座神奇的城市，它的开始就伴随着神话。5世纪初，一群被匈奴追到海边的罗马人在走投无路、万分绝望之际，经天神指引逃到海中潟湖，这是任何描述威尼斯历史的作品都绕不过去的故事。

进入潟湖后，威尼斯先民把密密麻麻的木桩打入湖底泥沙，并在木桩上覆盖石板，石板上建立居所、教堂、总督府，于是一个城市就此诞生。因此，威尼斯也被称为森林上的城市。

威尼斯的核心是“水”，水，既是威尼斯的灵魂，也是威尼斯的肉体。一座座建筑倒映在水中，整个城市漂浮在水中。欣赏“水城”威尼斯最壮观的视角在空中——118个岛、117条河、401座桥，尽收眼底。它们分别对应了威尼斯的三个称号：海上城市、百岛之城、桥的王国。

威尼斯大运河是威尼斯市的主要水道，连接了潟湖和圣马

威尼斯新“面具”

可广场，也连接着陆地和海洋。这样的地理条件，使得威尼斯除了从事贸易以外没有其他的生存可能。也正是贸易，支撑了它曾经的海洋帝国的地位。

大运河和星罗棋布的运河支流也是城市的一种防御工程。水面的木桩是一套只有威尼斯人明白的“密码”，它们暗示了河道哪里深，哪里浅，陌生者在河上划行稍有不慎就会搁浅。

2022年6月19日

无车之地

城市的“大街小巷”在威尼斯就是“大河小河”，这里的人们以水为生，船是他们唯一的交通工具。今天，深潜小队用威尼斯具有一千多年历史的传统交通工具——贡都拉（Gondolas）穿越大运河。

通常的贡都拉，长约11米、重600千克，一个人、一支桨。朱自清先生曾这样描述：“雇了‘刚朵拉’摇过去，靠着那个船停下，船在水中间，两边挨次排着‘刚朵拉’，在微波里荡着，像是两只翅膀。”

在机动船出现以前，贡都拉以特有的轻快和便捷，成为最合适的交通工具，慢慢化身为威尼斯的城市标识。

可以一家人，4个、5个或6个人一起乘坐贡都拉，但贡都拉只有一个划手，他是站着划船的。你在威尼斯见过6个人或者12个人划贡都拉吗？

在Ca’ Foscari水上运动俱乐部教练的陪同下，我们在威尼斯大学水上运动中心潟湖海面航道上，开启了首次威尼斯运河之旅。那么大的贡都拉，先拖到水边，再由起重机把它拉起来，放进水里。我们12个人，站在两个贡都拉上，每个贡都拉上6个人，开划。

上到船上，看似操作简单，其实暗藏玄机。不仅支点不易控制，弓膝、推桨、翻腕，每个动作都要准确到位。对新手来说，坚持8至10分钟后，就会感到些许腰酸背痛，真是不容易。

站立划行，仿佛穿越时光，一路回到中世纪的威尼斯共和国……

威尼斯运河上的贡都拉

深潜苏州成员们在苏州古城倒影下划赛艇

划船结束后，威尼斯的学生们给我们送上了官方 T 恤，T 恤上写的是如何正确处理垃圾。按他们的说法，威尼斯游人和商家繁多，正是威尼斯人的环保意识和制度，让这里绿水能够常存。置身当地，有理由相信他们必须以环保为使命，守护威尼斯的未来。今天，威尼斯主岛依然拒绝汽车，也是欧洲最大的无汽车行驶地区。

俱乐部的助教是威尼斯女孩 Lisa，刚从威尼斯大学中文系本科毕业，能说一口流利的中文，还有个好听的中文名字：兰欣怡。一直以来她都非常期待能有机会前往中国，在中国大运河上划赛艇。

这个愿望得到了深潜苏州大运河中心俱乐部的热切回应。深潜苏州大运河中心俱乐部的负责人孟元毅告诉Lisa，非常乐意接待她，请她在苏州古城墙倒影下的运河与夕阳中一起划赛艇，连接威尼斯与苏州的运河情谊。

最早把这两座水城连接起来的人，可以追溯到威尼斯著名旅行家和商人马可·波罗。他在《马可·波罗游记》里提到苏州是“壮丽的大城、密集的人口、所有人都穿绸缎、从事工商业”，还说苏州是“地上的城市”——或许是源于“上有天堂，下有苏杭”之说。马可·波罗的记录后来被演绎成了“苏州是东方的威尼斯”。

苏州也确实以水著称，42%的面积是水域，边上是太湖、阳澄湖、金鸡湖，是京杭大运河、环古城河，是遍布古城的小桥流水、枕河人家，自古就是被水关照的地方。

1980年，威尼斯与苏州结为友好城市。2005年，威尼斯前副市长佩雷斯到访苏州同里，并出任同里镇名誉镇长。在那次访问中，他说：“我今天来到同里，和马可·波罗拥有同样的感受。”

当威尼斯桨手来到苏州，就将是两座“水城”独特的运河赛艇“双城记”。船桨划过水面，拨动的是苏州与威尼斯的情缘。

威尼斯，说爱你不容易！

进入欧盟国家圈，流行攀岩，住所20分钟车距就有岩馆，包括意大利的罗马、米兰……

威尼斯是个例外，置身运河城，要行车45分钟（不要塞车）才能发现简陋的岩馆。无论什么，攀岩上瘾，距离不是问题，时间似海绵里的水，可以挤！

火炬花（百合科火把莲属），多年生草本，叶丛生、剑形，茎直立。总状花序着生数百朵筒状小花，呈火炬形，花冠橘红色。原产南非，受宠于国际花卉市场。

火炬花

Greece

第九站

希腊

2022年6月19日

回到文明源头

航班延误，中转航班错过，所谓连锁错位，抵雅典住宿地已是零点，但咖啡店、酒吧仍营业。进入市区第一印象是涂鸦！不愧为艺术发源之地，涂鸦如此惟妙惟肖……

欧洲文明中的理性精神、古典艺术、奥林匹克，是描述希腊文明的三大关键词。全球运河城市穿越在不经意间走了一条时间“逆线”，从美国到欧洲，英国、荷兰、瑞士、德国、比利时、法国、意大利，再到希腊，反过来看，就是欧洲文明的传播之路，欧洲文明的发源地正是希腊。

希腊的雅典可算是文明的中心，中国大使馆西南大约7千米处的雅典卫城，则是中心的中心，卫城脚下的市集广场，大

窗外，早，雅典！

希腊街头涂鸦 1

希腊街头涂鸦 2

概要算中心的中心的中心了。

广场如今是一片遗址，散落着巨大的石块、断裂的墙体和残损的建筑构件，说它是中心，是因为这里是雅典先贤们的交流平台。“雅典大爷”苏格拉底，每天就是在这里聊天、辩论，传播“爱智慧”的。他的弟子柏拉图后来在市郊开辟了一块休憩园林，设立“雅典学院”，教授数学和哲学。其后，亚里士多德承继柏拉图的事业，成为百科全书式的大师，被认为是希腊哲学的集大成者。

那个时候的地中海世界是混沌的，而古希腊则是人文的、理性的，为文明提供了另一种可能。巧合的是，在欧亚大陆的另一端，中华大地的思想学术也进入了繁荣期，诞生了先秦诸

希腊雅典建筑科学院

子。苏格拉底、孔子，再加上印度的释迦牟尼，都身处公元前800年到公元前200年，因此这一段时期被历史学家称为“轴心时代”。

现代希腊和中国渊源很深，希腊是第一批与新中国建交的欧洲国家之一，今年的6月5日还是中希建交50周年，双方在经济、文化、体育、教育等领域一直保持密切的合作。希腊也是欧洲各国中跟中国联系最密切的国家之一。

访问中国驻希腊大使肖军正，穿越小组是近两年来为数不多的中国代表团，大使对我们表示热烈欢迎。谈话中，肖大使告诉我们，今年希腊经济改革基本完成，接下来会大力发展数字经济、绿色产业、新能源等，这对深圳企业家来说是个机会。

到哪都不仅要划赛艇，还要到访各个运河城市的攀岩馆，泡到尽头。进步往往是在再坚持一下的咬紧牙关之中！

攀岩中

2022年6月20日

千年烂尾工程

希腊有漫长的海岸线，最著名、最大的港口是比雷埃夫斯港。穿越到达的第二站就是比雷埃夫斯港，距离雅典9千米，自古就是欧洲南大门。

比雷埃夫斯港有着辉煌的历史，后来却因设备陈旧、管理缺失、缺乏资金而处于亏损状态。中国的“一带一路”倡议最后一站是伊斯坦布尔，而伊斯坦布尔再往前延伸，就到了地中海。比雷埃夫斯港扮演着非常重要的角色，中国要在这里扩展业务，就接手了当时几近破产、被欧盟视为大负担的比雷埃夫斯港。不久后，2008年西方金融危机爆发了。中国远洋集团接手经营这个“烫手山芋”所要面对的风险和前景，不言而喻。

14年过去了，现在比雷埃夫斯港如何？带着问号，运河穿越团探访了比雷埃夫斯港。

沉静稳重的比雷埃夫斯港CEO张安铭接待了我们，带我们参观了邮轮和集装箱码头。

他说：“集装箱码头吞吐量从2010年的88万标准箱一路飙升到2018年的490万标准箱，推动比雷埃夫斯港的全球排名从第93位上升到第36位，成为地中海地区第二大港口。”

如今的比雷埃夫斯港，是中希合作的标志，作为地中海第一大港、欧洲第四大港，中远海运持股67%。他介绍说，当地只有16名华人员工，这意味着合作创造的工作机会留给了当地人，这是1 000多个岗位。

在大使那里体会到的自豪感，到了比雷埃夫斯港变得更深了一层。中国远洋好样的！

张安铭带领参观港口

安铭告诉我，比雷埃夫斯港在建的工程处于停工状态，因为涉及对海洋生物多样性的影响，被当地的环保组织叫停了。实际上这样的情况不仅仅是在这里，在“一带一路”上的东南亚、中非，都曾出现过。有些虽然没有被喊停，但也在舆论上造成了很负面的影响。

中国的企业走到国际上以后，不太善于和媒体、和NGO打交道。因为在国内只需要和政府商谈，实在没有这样的经验。而在西方社会，这两种力量是很重要的，中国企业往往会因为这方面的不足而吃亏。中国的企业不是不愿意为环保作贡献，就个人而言，我非常想也非常愿意在这方面提供帮助。红树林基金会已经积累起了一定的成功经验，还有澜湄计划，也是要发挥民间外交的力量，协助国内的澜沧江和国外的湄公河沿岸的地区和国家做环境保护。我能够做的，就是在他们行动的基础上，加强对外的宣传和联系。

安铭先生指着蓝色平静的海湾说："看到了细长溜的峡湾吗？希波萨拉米斯海战的古战场。"率领十万大军的波斯皇帝薛西斯在开战前，坐镇山头信心十足，在洗劫雅典城之后，要在萨拉米斯以多对少决战希腊海军。

公元前480年可以说是决定希腊城邦生死存亡的重要一年。波斯国王薛西斯率领庞大的800艘战舰，最终却被仅有400艘战舰的希腊打败。此役成为海战历史上罕有的战例。

萨拉米斯海战不仅扭转了整个希波战争的战局，同时也开创了雅典的黄金时代。"以少战多"是希波战争的关键词。萨拉米斯海战前的温泉关战役，留下了斯巴达800勇士的故事；而第一次希波战争中的马拉松战役，希腊人同样以少战多重创波斯军队，顺便留下一个不可思议的长跑运动项目，这个项目经常被用来证明人类独有的耐力。

历史学家公认，希波战争锻造了希腊文明，也让欧洲文明的"火种"得以保存。

离开比雷埃夫斯港，来到希尼亚斯划船赛艇中心（The Schinias Olympic Rowing and Canoeing Centre），这里距离著名的马拉松古战场大约5千米，是雅典奥运会赛艇项目的航道。马拉松、奥运会这些关键词每四年一次集体出现在人类面前，来源就是希腊。

在雅典奥运会赛艇航道逆风破浪

风高水起白头浪，按安全规范不宜下水。既然来到了奥运会的航道，岂能轻易放弃？经研判，采取谨慎安全方案：两名希腊老辣桨手与两位深潜经验桨手组成四人双桨，避免纵深段，逆风破浪前行！全球运河赛艇穿越，希腊，Go Go Go!

赛艇在划的时候，一定要非常平稳，重心也不能太靠下，太下了速度就起不来，所以整体而言，掌握平衡是非常重要的。如果水面有白头浪，艇身的平衡就更难把握了，一不小心就会

世界上唯一一座全部采用大理石兴建的大型体育场——帕纳辛奈科体育场（露天马蹄造型，古希腊奥林匹克竞技场风格，看台能够容纳 5 万名观众）

有翻船的危险；加上浪如果打到了船舱里，也没法划动起来。不过赛艇不会沉，艇内有真空舱，就算吃满了水顶多也就没到水面下，不会继续往下沉了。

赛艇结束，我们参访了第一届现代奥运会举办地——帕纳辛奈科体育场。古希腊时期，它主要被用来举办纪念雅典娜女神的泛雅典运动会。

公元前 8 世纪，希腊半岛各个城邦纷争不断，人民渴望一个和平的环境。伯罗奔尼撒统治者努力使宗教与体育竞技合为一体，于公元前 776 年，举办了第一届奥运会。最初只有一个距离为 192.27 米的场地赛跑项目，后陆续增加了拳击、摔跤、角斗、赛马等等。更重要的是，奥运会留下一个传统：比赛期间不打仗。

公元前 490 年，希腊雅典在马拉松河谷大败波斯军，民情奋发，兴建了许多运动设施、庙宇，参赛者遍及希腊各个城邦，奥运会盛极一时，成为希腊最盛大的节日。

罗马帝国统治希腊后，奥林匹亚已不是唯一竞赛地，优秀竞技者聚集罗马。公元 2 世纪，基督教统治了欧洲，倡导禁欲主义，主张灵肉分开，反对体育运动，奥运会随之衰落。公元 393 年，罗马皇帝狄奥多西一世宣布基督教为国教，认为奥运会有违基督教教旨，是异教徒活动，翌年宣布废止古奥运会。公元 426 年，狄奥多西二世烧毁了奥林匹亚建筑物。就这样，顺延了一千余年的奥运会不复存在，曾经繁荣的奥林匹亚变成了一片废墟。

1892 年，“现代奥林匹克之父”——顾拜旦在访问奥林匹亚后提出“复兴奥林匹克运动”，并设计了奥林匹克会旗和会徽。1894 年，希腊富商乔治·阿维洛夫 (George Averoff) 用潘特里克大理石，重建了帕纳辛奈科体育场。

1896 年，第一届现代奥运会在雅典举行，每四年一次、比赛期间不打仗的传统得以保留。体育竞技者们曾在这里以饱满的激情和矫健的身姿，表达对体育精神的热爱、对生命极限的挑战、对和平友谊的渴望。除了继承传统，顾拜旦先生也掺杂了“私货”，先生本人是痴迷的赛艇运动员，因此，在第一届

帕纳辛奈科体育场的双面雕像

奥运会就把赛艇列为正式比赛项目，赋予了它特殊的地位。

傍晚，我与李基铉、蔡史印夫妇四人，再次泛舟在爱琴海的黄昏中。水面的不远处停留着几艘邮轮。这次选的是海洋而非“运河”，因为大海才是希腊文化的特征。

其实希腊也有运河，但运河是“海洋的补充”，用来连接海洋的——著名的“柯林斯地峡”就是被柯林斯运河打通的。

柯林斯曾是希腊共和国内部的一个城邦共和国，位于伯罗奔尼撒半岛。这个半岛是一处地峡。当时人们构思在这处地峡挖一条运河。原本船只在爱琴海与爱奥尼亚海之间通行，需要沿伯罗奔尼撒海岸绕行，行程长达350千米。有了运河，一下

泛舟在爱琴海上

可缩短到只有 6.3 千米。

然而，从动念到落成贯通，却经历了上千年的时间，可谓千年烂尾工程。

公元前 6 世纪时，地峡上有一条栈道来将船从地峡的一边拉到另一边。公元 67 年，罗马帝国皇帝尼禄派上千个奴隶去科林斯地峡（传说约 6000 个犹太奴隶，而他本人使用一把镀金的铁锹动了第一锹）。但 3 个月后尼禄就被杀了，工程被搁置下来。这之后，人们才发现，这个运河上面完全是石灰岩。石灰岩要往下挖将近 100 米垂直深度，才会是运河。

中世纪时期威尼斯共和国曾经考虑接手继续干，力图用运河来改善它对希腊的商业控制的计划，但撬动石灰岩的工程量实在太大了，只能放弃。直到 19 世纪，奥地利人借助于工业化的手段，继续开凿 12 年，运河才得以在 1881 年完工——水面宽 24 米，运河内的水深达 8 米，又深又窄。

对于容纳现代航运中的超级油轮和集装箱船而言，柯林斯运河还是太窄了，因此经济价值受限，它一度被称为“世界上最没用的运河”。不过，虽然在运输上起不了太大作用，但它如今却是旅行者的天堂。每年都有约 1 万条摆渡船和旅游船穿越，观赏沿岸深邃和笔直的岩壁。据说，陡峭的岩壁也是攀岩高手挑战技巧与勇气的场所，在垂直高度将近 100 米的地方甚至可以蹦极。

除此之外，一年一度的世界皮划艇大赛也在这里举行。我们设想，有没有可能也在这里举行世界性的赛艇比赛。想法一提出，就得到了希腊赛艇协会积极响应。

运河上还建造了许多步行桥，有些位置比较低的桥影响了修补和固定峭壁的维修船的通行，怎么样才能让船只经过？

——让桥沉下去。

我在全世界看过很多的桥，也看过很多桥给船让路的办法，比如设计转弯儿过去，也有在伦敦看到的桥从中间向两边打开的。但是还没见过能沉到水里的桥。

这里的桥两边都有绞盘，能让桥身整体地沉下去。船开过去以后，桥再升上来。它的机械工程设计其实并不是很复杂，但做法实在巧妙，桥身一沉就能沉五六米。

科林斯运河上的步行桥

科林斯运河沿岸的岩壁

2022年6月21日

忒修斯之船

一觉睡到凌晨4点多，线上参与CCD论坛对话。登山人几点起床都行，但早起的前提是要早睡，不能还当夜猫子。

飞抵克里特大区干尼亚老城，已经是晚上7点了。驱车前往海港赛艇俱乐部，夕阳余晖，四人双桨、双人双桨，舒畅轻松，湖面蓝色平静，没有波浪，天空无云纯蓝色，金色暖阳给环境镀了一层金色。

对外人来说，克里特也是希腊文明，但克里特人分得很清，因为克里特文明更早，而且同样发达。约公元前两千年，当地孕育出文明，以巨大的建筑群、复杂的艺术和发达的书写系统为标志。

按《荷马史诗》的说法，克里特“在深红葡萄酒色的海中，是一片美丽、富庶的土地。四面环水，岛上的人多得数不清，城市有九十个”。

经典的神话故事也在这里发生。相传雅典王子忒修斯前往克里特岛消灭怪兽米诺牛，他与父王约定，如果成功杀死怪兽，返航时就把船上的黑帆变成白帆，而王子返回时却忘了约定，老国王误以为儿子死了，心碎而跳海。为了纪念老国王，那片海被叫作爱琴海（Aegean Sea），即埃勾斯之海。

随着时间流逝，“忒修斯之船”演变为哲学命题：随着时间流逝，忒修斯之船逐渐腐化，如果船

克里特岛海边

上的木头被替换，直到所有的木头都不是原来的木头，它还是原来的船吗？命题由哲学家普鲁塔克提出，在此之前，苏格拉底、柏拉图都曾有过相似的讨论。

1252 年，威尼斯人在此处建城，之后被土耳其占领，20 世纪 20 年代又被并入希腊。1971 年之前，干尼亚州曾是克里特岛的行政中心，城市内部还保存着浓厚的威尼斯遗风。

赛艇结束，在附近村镇品尝“农家乐”的海鲜，很开胃！

休息前团队抗原自查，7 人组团队两人“中枪”，呈阳性。安排自我隔离；取消早晨海岸赛艇。通报队员信息，与接待政府、商会确认是否取消安排。

但商会答复：安排不取消！克里特大区政府反馈：外甥打灯笼——“照舅”（照旧）。

2011 年 6 月，广东省与克里特大区，两个充满海洋色彩的地域，结合为友好省份。这次来到克里特，其实也是受广东省的委托。这两年里，中国的地方外办与外隔绝，难以与友好城市再建连接。以至于到了怎样的程度呢，省外办其实也无法联系到大区的州长，只能通过当地的华人华侨的关系来确认会面。到克里特岛的航班快起飞的时候，我还不知道到底能不能和对方见上面。

当然，最后我带着广东外办的友谊问候和礼物，还是见到了大区干尼亚州副州长 Nikos Kalogaris，以及希腊商会的朋友。Nikos 非常热情地欢迎我们这群来自广东的客人，一见面就提到疫情期间广东运送过来的三笔物资。我告诉他这次的赛艇穿越交流活动，他非常欣赏，告诉我，年轻的时候，他也是划赛艇的。

说到经济，Nikos 希望广东企业家能到克里特投资基建、

与干尼亚州副州长及希腊商会朋友合影

环保、旅游、绿色新能源。中国远洋集团在雅典比雷埃夫斯港的投资经营就是一个绝佳的例子！克里特岛也需要港口扩建投资，但中国介入需谨慎，因有美国海军基地，敏感……

他又说，之前大部分中国游客都去圣托里尼岛，其实克里特岛在欧美更受欢迎——言外之意是，你们应该来这里。

特别不确定和敏感时期，感动于这种无须言明、一见面就能悉知彼此的友好和信任的氛围。讲友谊与包容，同舟共济前行！

在岛上

在餐馆发现橘猫

2022年6月22日

橄榄枝头冠

餐馆里的精瘦橘猫说明什么？

——因为希腊人的光盘习惯，靠消费者剩菜残羹的猫咪如何胖得起来？

我喜欢植物，也喜欢动物，喜欢自然生命。自己的家里就养着猫和狗，之前还饲养过一只宠物猪，给它取了个名字叫福田。我训练福田不随地大小便，训练它像狗一样跟着我走。它非常聪明，什么都能学会。当然教的时候用了十足的爱心，我的喜欢它是能感觉到的。此外还得非常耐心，对宠物呼来喝去是没有效果的，一定不能嫌麻烦，手把手拎着它教。比如福田本来不喜欢水，我游海水泳的时候就拖着它，游着游着把它扔下来。它因为太紧张，也不敢动，总是喝一肚子海水，喝得肚子鼓鼓囊囊的。不过猪天生会游泳，这么一次、两次、三次，它就知道怎么游了。

在天津我还建了一个专门收流浪狗的地方，现在已经收留了一百多条狗了。最早的时候是三条，放在家里养，后来多了，十几条，家里实在养不下了，就在郊区租了农民的四合院，盖了一个狗舍。我习惯很亲切地对待动物，其实秉持的就是简单的爱屋及乌的道理。你的生命，你自己会在乎，往外推，你在乎别人的生命，那么别人也反过来在乎你。这对于动物来说也是一样的。

前日发现两名主力队员测试阳性，症状是轻微咳嗽、喉咙不适、疲倦，其余四名无疑是密接者。感谢在国内形成的“动态清零”检查习惯。在国外躺平的环境下，如何做？

措施一，改 24 小时抗原测试为 12 小时，早发现早采取隔离措施，对自己负责就是对社会的负责。

措施二，和患者戴口罩面对面，坦然接触，更不能歧视，否则影响情绪、影响团队精神。

措施三，主动改变行程安排并告知对方。在气候宜人、风景如画、民风淳厚的干尼亚隔离还是不错的“强制”。

到目前为止，政府、企业、NGO、活动场地均告知我们：祝患者早日康复，如期接待，不是问题。也有例外，我们主动取消了到大学讲演的安排。

当社会遇到疫情危机时，个人自觉很重要，政府管控是必

司机师傅送来橄榄枝头冠

须的。说这里“躺平”并不准确。第一，容易买到测试盒；第二，不戴口罩不准登机；第三，企业或政府还是家里办公为主。

驱车雅典机场，准备离开，获得司机师傅编制的橄榄枝头冠。

橄榄枝在圣经故事里是大地复苏的标志；而古希腊人认为，橄榄树是由雅典保护神雅典娜带到人间的，是神赐予人类和平与幸福的象征，用橄榄枝编制的头冠是神圣的，延伸到奥运会精神，则是最高荣誉的代表。

据说，古奥运会的橄榄枝头冠，必须由一个双亲健在的12岁儿童精心编制而成。

2004年奥运会回到奥林匹克运动发源地希腊雅典，组委会再现古代奥运会的风采，决定给冠军的鲜花用橄榄枝头冠来取代，象征和平、友谊、进取。

Austria

第十站

奥地利

窗外

2022年6月22日

连接中国与维也纳的人

飞抵维也纳，司机问："觉得热吗？""哦，这个时辰比干尼亚凉爽多了。"

入住酒店，同样一个酒店品牌系统，这里滴滴答答敲打几下键盘，就将手续办妥了。进入了讲效率的国土……

在维也纳的第一站，来到了约翰纳斯街22号，何凤山故居纪念碑所在之处，亦是二战期间中国驻维也纳总领事馆的办公处。何凤山，时任驻维也纳总领事。

当时的欧洲，纳粹的战火燃烧到波兰，集中营、毒气室……针对犹太人的残酷行动每天都在上演。奥地利作为欧洲

何凤山（1901—1997，湖南人，慕尼黑大学政治经济学博士，外交官）

第三大犹太人聚居地，有 18.5 万犹太人。为了求得生存，犹太人奔走于各国总领馆，希望得到一张签证，但鉴于难民问题的复杂性，几乎没有国家敢站出来接收他们。

中国签证官何凤山，就此登上了犹太民族的历史。

从 1938 年上任到 1940 年被调离，何凤山顶着压力，向犹太人签署发放可以进入中国的签证有几千份。何博士于是被称为“中国的辛德勒”，事实上，他比辛德勒本人救的犹太人还要多。而他一生淡泊名利，96 岁去世。亲属在讣告中提到他曾无条件向欲逃难的犹太人发签证，才引起历史学家关注，尘封了半个世纪的事迹才大白于天下。他自己在《外交生涯四十年》

一书中谈到当年的选择时说："有同情心，愿意帮助别人是很自然的事，从人性的角度看，这也是应该的。"

2001年，以色列政府授予何凤山最高荣誉的"国际正义人士"的称号，同时将他的名字刻入犹太人纪念馆的"国际义人园"里。原租用的旧址建筑仍在，只是改作了宾馆。宾馆一侧外墙上镶嵌着一块牌匾，记述何凤山对拯救犹太人的贡献，以示纪念和敬意。

2007年，上海犹太难民纪念馆也开始建设。馆址位于虹口区长阳路的摩西会堂，1928年由俄罗斯犹太人修建，二战期间犹太难民们经常在这里聚会和举行宗教仪式，这是战火纷飞年代里难民们的精神家园。如今，上海虹口犹太人博物馆也新开辟出一块场地展示何凤山的感人事迹。

纪念馆有一面墙上刻满人名，但刻录的不是遇难者，而是幸存者，是一个个经受灾难还能活下来的人。当年他们手握签证，购买船票，逃离"屠宰场"，来到上海，获得"生的希望"。抵达中国后，他们是如何生活，二战后他们的人生又如何继续，一段段亲历者的真实故事，都在这里留下痕迹。

有位叫Jerry moses的犹太难民说："在上海，可以跳舞，可以祈祷，可以做生意。在我的内心，永远铭记着那些与我共同生活的中国人。"

文化上，中国人在信仰上不易走极端；主观上，中国人鄙视"落井下石"的人；友情，也是在共患难中建起来的。

上海的纪念馆还记录了一个动人故事。1943年，有个犹太人在离开上海前，把2 000本书委托中国朋友林先生照看，但他再也没回来。几十年里，林先生家几代人都在等着他回来取。1981年，林先生去世后，家人把这些书转交给纪念馆。如今，这些书还在那里，等候他的主人。

奥地利的第一站选择这里，既是缅怀历史，又是珍惜当下，意在见证回望维也纳与上海在患难时的一段特殊连接。

提及维也纳，自然少不了音乐。18世纪末叶的欧洲，工业革命的汽笛刚刚鸣响，经济生活一派繁荣景象，启蒙运动兴起，自由、民主、博爱的理念渗透进奥地利，催生了文化艺术的繁荣。

“交响乐之父”海顿在这里写下《创世纪》《四季》，翻开了古典音乐的篇章；“音乐天才”莫扎特在这里开启独立的“自由艺术家”的创作；“乐圣”贝多芬自22岁起定居维也纳，在这里达到艺术顶峰。此外，舒伯特、施特劳斯父子、马勒、勃拉姆斯等诸多音乐家的名字，都与这座城市绑定。

维也纳金色大厅始建于1867年，外墙黄红两色相间，屋顶上竖立着音乐女神雕像，厅内的结构经过特殊设计，令听众无论坐于远近高低，都能享受到同样音质的演奏。

晚上，受深圳交响乐团的委托，和维也纳交响乐团进行交流，在维也纳金色大厅，欣赏维也纳爱乐团在音乐季的终场演出。演奏气势与听众热情令人动容……

一提到维也纳，大家都会想到金色大厅。1959年开始，当地第一次电视转播新年音乐会，不久便传遍欧洲。中央电视台自1996年，开始派摄制组在维也纳现场直播。金碧辉煌的金色大厅与古典悠扬的交响音乐，成为一代人的古典音乐记忆和启蒙。

其实作为音乐厅，金色大厅并不是最高规格的。它在中国有名，是因为它是开放制的，排空时段可供出租，人们可以租下场地进行演奏。因为不设什么限制，所以成了中国与国外的一个交流空间，中国人对它的印象也就很深。

但是维也纳交响乐团，才是真正在维也纳有影响力的存在。乐团成立于1842年，以纯正的维也纳风格与细腻美妙的音色闻名于世，是世界顶尖的交响乐团之一。这个乐团的特别之处是由演奏乐手自主经营，不依靠任何政府资助，从团长、CEO到一线行政人员都是职业演奏员，乐团的现任总裁就是位贝司乐手。这在世界上可以说是独一无二的。理查·施特劳斯、勃拉姆斯和布鲁克纳等著名作曲家、指挥家，都曾指挥该团演出。尤其是我所欣赏和喜爱的马勒，也曾经是这个交响乐团的艺术总监兼指挥。

经高参老师的引荐，结识了谙熟表演艺术圈的吴嘉童先生，相谈甚欢。吴先生的经历很有意思，十几岁就出国了，大学学的是计算机。但是毕业之后受父亲的影响，在西方古典音乐领域工作，致力于向中国和亚洲推广古典乐。在音乐之都维也纳，真正能从事交响乐相关工作的人，一定是从小接受熏陶、懂得专业知识、参与过重要活动的人士。吴先生介绍我与乐团的团长和艺术总监见面的时候，我发现他和这些乐手的关系十分之融洽，可见他完全融入了奥地利的主流社会。这让我非常地惊讶，同时又欣慰。看到这么多改革开放后走出国门的中国人，能够在异国的社会上找到位置，取得成就，真的是一件非常愉快的事情。

祝愿吴先生不遗余力推动的音乐文化交流活动更上一层楼，尤其在当前的特殊环境下。

金色大厅新年音乐会演奏的音乐，往往以施特劳斯家族的作品为主，尤其是小约翰·施特劳斯的《蓝色多瑙河圆舞曲》。这首四三拍的颂歌，不仅是新年音乐会的保留曲目，也是奥地利的“第二国歌”。

1866 年爆发普奥战争。普鲁士的铁血宰相俾斯麦发兵与奥地利作战。这场战争，奥地利惨败。奥地利人的骄傲与自信，几乎被这场战败摧毁。在这种情况下，小约翰·施特劳斯创作了这首足以抚慰奥地利人情绪的《蓝色多瑙河》，让奥地利人深深爱上了它。

多瑙河是欧洲第二长河，发源于德国，流经奥地利、斯洛伐克等 10 个国家，是世界上干流流经国家最多的河流。在其他国家，它只是一条河流，但在奥地利，它是母亲河，与奥地利人的生命融合在一起。奥地利境内 350 千米长，它平静地流过奥地利的心脏，全国 800 万人口中近一半定居于多瑙河谷和多瑙河地区。

维也纳附近有水资源丰富的山地和森林，城市的水供应

多瑙河

99% 来自地下水和泉水，这样就避免了城市废水和多瑙河水的直接循环，也使多瑙河得以保持了原始生态。目前在维也纳，除了小型净水设备外，工业和居民生活废水主要由设在维也纳郊区，濒临多瑙河的两座大型综合废水处理中心负责。在净化水的质量达到环保标准后，净化水被排入多瑙河，少部分则直接渗入地下补充地下水。政府立法严禁将废水直接排入多瑙河，严格审批在多瑙河两岸设立的工业企业数量，对审批后的企业进行严格监管。

2022 年 6 月 23 日

奥运精神的本源

今天是奥林匹克日，在多瑙河畔晨跑以表纪念。

国际奥委会于 1948 年设立奥林匹克日，旨在纪念现代奥林

多瑙河畔晨跑

匹克运动的诞生，宗旨是鼓励世界上所有的人，不分性别、年龄或体育技能的高低，都能参与到体育活动中来。

记者问我："你刚访问了雅典第一届现代奥林匹克运动场旧址，请谈一下感受，好吗？"

在希腊参观了位于奥林匹亚的古奥林匹克运动场遗址。有点儿感想：

奥林匹克运动会的举行赢得了争战的各个城邦国在运动会期间息战，它虽然短暂，但也体现了息战与争取和平是共同的愿望。

运动场的中心位置是祭祀宙斯的神庙，也就是说，运动会和敬神庆典有关，希腊信仰是泛神论，神的形象似人或半兽半人，与其说是祭祀神不如说是祭祀祖先。中国划龙舟也是和祭祀庆典结合起来的。

美男子扔铁饼的雕塑、陶罐上跑跳、投掷标枪的图案都是强健的美。求身体健美的风尚，亦是现代健身房的源头吧。

竞争精神里，争取第一是明确的目标。古希腊把"公平"等同第一重要，就是要每个人都要遵守游戏规则。很可惜，现代奥运会最大的问题就是争夺金牌引起的兴奋剂的泛滥。现代奥运对"更快、更高、更强"的强调应该有所变化，人类身体承受的潜能是有极限的，应该回到现代体育竞技的本源——和平、公平、竞赛、友谊上来。让所有人，不分年龄、性别与技能高低，都积极地参与到体育活动中。

在维也纳最繁华的格拉本大街，著名的纪念柱坐落于此。这是巴洛克风格雕塑的代表作，称其为欧洲最精美的巴洛克雕塑。

这座意义非凡的纪念柱分为三层，顶端是金光灿灿的圣三位一体像。下面雕刻着一群天使立于云端，代表连接人类和上帝的桥梁，也象征着鼠疫的女巫被天使推向地狱。

天花、霍乱、麻风、登革热，在人类历史上曾经历过很多场瘟疫灾难，其中黑死病无疑是最严重的瘟疫。这场瘟疫使得欧洲 2 500 万人丧命。这段历史改变了欧洲的发展进程。因此，至今在一些国家仍可以看到纪念这段历史的遗迹，奥地利首都维也纳的黑死病纪念柱就是其中之一。

黑死病纪念柱告诉世人，不要忘记瘟疫带来的创伤。人类虽然脆弱，但也很坚强，只有记录下灾难，才会牢记历史。

维也纳赛艇俱乐部英明地谢绝了团队的两名“中枪者”(抗原阳性)，剩余仍显示抗原阴性的两名则前往同舟共济!

2022 年 6 月 25 日

挽救“极危”

在 WWF 总部瑞士，马尔科向我介绍了在欧洲非常重要的多瑙河。WWF 花了很多精力保护这条河流里的生物，尤其是濒危的鲟鱼——一种很特别的三文鱼。这个专门的鱼类保护组织就在维也纳，中东欧项目办公室。深潜团队参与探讨多瑙河流域的水环境保护议题，重点在迁回水生鲟鱼类的保护方面。Irene Lucius 介绍了多瑙河鲟鱼保护战略和行动，并表达了加强与世界各地交流拯救鲟鱼计划的期望。在会上，我也介绍了长江流域保护中华鲟的现状。

鲟是一亿五千万年前中生代留下的稀有古代鱼类，介于软骨与硬骨之间，是洄游鱼类。全球鲟鱼共有27种，其中85%（23种）濒临灭绝，63%（17种）位列世界自然保护联盟（IUCN）红色目录最高等级，被列入“极危”。

中国长江特有珍稀物种长江白鲟被宣布功能性灭绝。为了应对挽救洄游鱼类和其他水产种质资源的生存现状，自2020年起，中国长江流域各地的重点水域相继进入为期10年的常年禁捕期。

多瑙河地区保护鲟鱼的方法，显然在中国保护长江江豚方面是非常有借鉴意义的。中国在过去的20年，痛定思痛，在保护长江濒临灭绝的鱼类上下了不少的工夫。深感中国本土环保组织与国外NGO交流协作，十分有必要。共同行动起来，保护水资源、保护生物多样性！

2022年6月26日

同“舟”共“济”

暂离奥地利，来到德国慕尼黑站，深潜3名成员、同济4名交换生和2名德国教授，组成8+1双桨艇；深潜教官带1名中国学员，竞划与训练同时进行。

有意义的日子——上海同济大学赛艇俱乐部德国赛艇队正式成立，可贺！

2017年，在陈劲松校董资助创建赛艇俱乐部时，同济水上运动只有划龙舟。现在同济不仅是国内佼佼者，其骨干还挺进到赛艇运动强国——德国，令人欣慰。

与同济大学交换生和德国教授在慕尼黑

同济同济，同舟共济！

离开慕尼黑，途经拜罗伊特古镇，恰好晚餐时间，决定吃完晚餐再赶路。

进入社区竟冷冷清清，不见行人，怎么回事？

原来是居民倾家出动，聚集在露天音乐会。不愧为瓦格纳的音乐之镇。

2022年6月28日

首枚世界杯攀石奖牌

玉簪花（百合科玉簪属），因酷似女子的玉簪而得名。《本草纲目》记载：玉簪处处人家栽为花草。二月生苗成丛，高尺许，柔茎如白菘。其叶大如掌……花朵十数枚，长二三寸，本小末大。未开时，正如白玉搔头簪形，又如羊肚蘑菇之状，开时微绽四出，中吐黄蕊，颇香，不结籽。李时珍不仅是中草药集大成者，亦是观察细微的植物学家。

前往奥地利因斯布鲁克，与施华洛世奇家族成员 Markus Swarovski 见面，并参访施华洛世奇水晶世界。这是世界上最大、最著名的水晶博物馆，也是水晶制造商施华洛世奇公司的总部，展有全球种类最全的各类水晶石、水晶墙以及各类水晶艺术品。施华洛世奇做的是人造水晶，水质对他们而言非常重要，所以多年来一直致力于环境保护。我与他们建立起来的联系也已经不下十年了。

玉簪花

在因斯布鲁克 Kletterzentrum 岩馆，与中国国家攀岩队领队王勇峰队长会面。岩馆正在举办世界杯比赛，王勇峰带队的国家攀岩队在这里参加比赛。值得一提的是，在6月11日结束的攀岩世界杯意大利布里克森站中，16岁的中国选手骆知鹭，首次参加世界杯赛并获奖，这也是中国选手首次拿到世界杯攀石奖牌。

深潜赛艇队每经过一个运河国家都会留下一面签有奥运赛艇选手、青年划手、教练员名字的旗帜。目前最有创意文化的是奥地利，旗上有签绘添加的各种图案：受保护的濒临灭绝的多瑙河鲟鱼、音符、乐器、摩天轮、多瑙河流域图、四人双桨赛艇……

不愧是艺术之都！

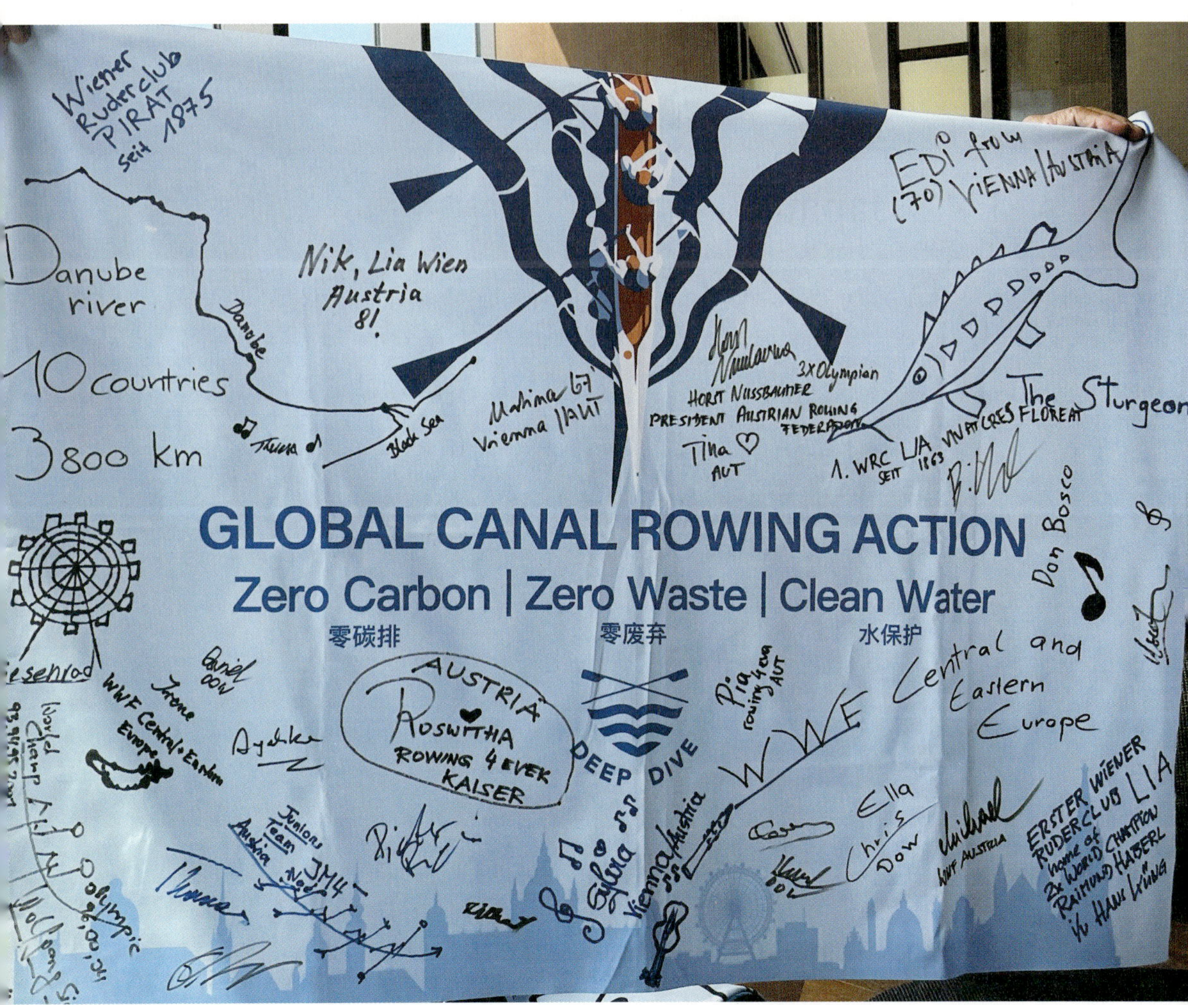

深潜赛艇队旗帜上，签名充满创意

Japan

第十一站

日本

2022 年 6 月 29 日

森林之国

清晨，早班新干线——东京。

流经大阪市区的淀川河，源自琵琶湖，全长 75.1 千米，流入大阪湾。

大阪的饮用水水源主要取自淀川。为保障充足原水供应，大阪市和其他以淀川水系为水源的城市联合在淀川及其支流上游修建了很多大坝，起蓄水作用。

日本是典型的温带海洋性季风气候，四季温和、湿润，由于天然条件，海洋性植物适应在日本生长，大多数地区都能够被森林覆盖，覆盖率达 67%。

中国的森林覆盖率远远低于日本，但却是森林覆盖率增长率最快的国家，过去 10 年，大约平均每年增加森林面积约 1 000 平方千米，森林覆盖率从 1949 年的 8.6% 增长到 23.4%，在世界范围内是可圈可点的。

新宿岩馆四层，第四层延伸到顶层馆外岩壁墙，是东京市区最大岩馆。晚 7 点钟各层攀岩者云集，显然是年轻打工一族下班后的好去处。

岩馆里运动者都自觉戴口罩；所住的宾馆，自助餐取菜时不仅要求戴口罩，还需戴防传染手套。正所谓外松内紧。即使要求再苛刻些，解除隔离了，已是最大的自由，社会运转进入常规。

疫情期间公共场合需戴口罩，包括运动场所，但需注意因口罩造成的运动缺氧问题。

戴口罩运动，尽量选择动作结构简单的方式，不要进行长时间、中高强度的对抗性运动，如瑜伽、太极拳、攀岩等。

奋力攀岩（摄影：洪海，2022 年 5 月）

2022 年 6 月 30 日

山川异域，日月同天

日本放开了，外国人进日本有厚生省认可的三针疫苗证明（绿码）或 48 小时核酸无感染证明（蓝码），即可畅通无阻。这是一个自律的民族，人们还都在自觉戴口罩，攀岩时也不例外。

对于疫情的发生，其实我很敏感。因为 17 年前的 2003 年，SARS 病毒就在中国横行。为了避免传染，全国大范围地停课停工。那个时候，我人已经进了西藏，准备在5月登上珠峰，中央电视台要进行全程实况转播。于是，全国人民都在关注我们这支登山队，以至于在精神上，我们成了对抗SARS的一面旗帜。我们的成功登顶，在人们的眼里，是中国队置生死于度外，挑战了珠峰，也激励着所有人战胜病毒。当然，这是一种心理联想，实际上病毒没有侵入西藏，珠峰本身和SARS也没有联系。

由于对SARS的记忆非常深刻，新冠肺炎疫情的暴发便一下触动了我的神经。武汉的万科公司行动非常迅速，马上组织了指挥部来进行统一的资源调配。那时对防疫物资的需求是非常大的，万科仅物业管理人员就有十几万，所以仅一天的口罩消耗量就得有十几万个。然而疫情当前，再多也得投入。

我当时人在北京，突然接到北京几个主流媒体的电话，问我万科能不能提供给他们一些防护服，他们要去武汉一线作报道，但必须自行准备防护服才能进到医院采访。我非常纳闷，怎么要到我这里来了？他们的回复是，因为看到了我发出来的照片，照片上是武汉万科小区的物业管理人员穿着防护服在消毒。我这才明白了，于是打电话到武汉的公司。武汉的负责人告诉我说，他们有一定的物资储备。万科有一个小区就在海鲜市场旁边，所以一开始出现传染病迹象的时候万科就着手在华东地区采购物资，并且分发给业主了。我问他，能否提供一些给记者呢？他说，多了没有，但十套二十套没有问题。

随着疫情进一步变化，我也开始参与其中，积极组织防疫物资的购买。2020年武汉封城了，我就前往日本准备购买口罩。三次元是日本一家很有名的口罩公司，我和他们对接了三次，前两次都没什么问题。但第三次他们感觉到了困难。因为工厂在中国，按情况也不能出口，他们的储备还需要供给日本本土的人来抵抗春季高发的花粉症，现在量严重不够了，无法再提供给我们。

好吧，只能另想办法。但马上又接到了他们的下一个电话，问我：如果量不多的话，你在不在意？我马上说不在意，约见详谈吧！我设想没有两百万个，至少也会有二十万个。没想到，他们只能准备出三万只。确实少了点，但我转念一想，有总比没有好。于是问他们多少价格。他们的回复是：不要钱，这是我们特意送给中国的。

在当时的境况下，这个举动让我很感动。这批口罩我们马上送给了当时急需物资的延安人民医院。

后来，中国迅速调整，开动起了机器，能够自主生产物资，供应国内没有问题了，还寄送了许多防疫物资到日本和其他国家。

我离开日本后，就去了以色列，也给以色列送了一批口罩。再回国的时候，途经日本，就去拜访中国驻日大使孔铉佑先生。当时日本的钻石公主号疫情严重，感染人数每天都在增加，由于缺乏核酸检测试剂，无法安排游船上的人停靠上岸。已经拖了将近一个月了，到了必须解决的时候。孔大使之前当过外交部副部长，对日本和中国都很熟悉。他告诉我，厚生省希望中国大使馆联系中国，看是否能为他们提供一批核酸检测试剂。他知道中国已经有三种试剂了，其中一种蓝色包装的是最好的。我一问，蓝色包装就是华大生产的，我是华大的联席董事长，提供试剂盒没有问题。

“还有一个问题，试剂盒是什么标准？”

“FDA，美国标准。”

梅雨季节是看绣球花的时节，绣球花象征着雨季，在“俳句”中，绣球就代表着梅雨季节。

绣球花

山丹（百合科百合属），野百合变种，人工栽培，世界流行。

在中国，这是一种具观赏价值和药食兼用的中药。

在西方，信奉基督教的人们，认为神圣、纯洁的圣母玛利亚才最有权力拥有百合花。在现代所有有关圣母玛利亚的艺术品中，经常会看到圣母百合出现。画家们会绘制没有花蕊的圣母百合，象征纯洁和无邪。

山丹

“厚生省的规定是必须是瑞士标准，才能出资购买。”

“哦……标准比 FDA 还高。购买是不行了。那援助呢？”

孔大使又犯了难，说他已经通过外交部联系过卫健委了，卫健委国际合作司每年是有相当一笔预算用来做国际援助的，但援助对象都是发展中国家，没有发达国家的先例，要执行还得报批程序——需要两个月。游轮上的人可等不及了。

我听到这里，就笑了。我说不难解决，试剂盒华大提供，钱猛犸基金会来出。我们猛犸基金会就是做公益的，疫情之前做的就是基因测序的科普，疫情之后在国内捐的不仅是试剂，还是援建实验室。技术、设备、成本都比试剂盒高多了。送日本 5 000 份试剂盒，不是问题。于是我马上打电话给汪建。

不到五个小时，华大就将物资准备好了，停在香港大屿山机场上，等待厚生省通知是空运到成田机场，还是羽田机场。

第二天一早，我在东京的助手就租了辆小面包车准备去机场取货，大使馆的两位官员，一位科技参赞，一位政务参赞，亲自陪同着一起到了机场，一路送到了厚生省。厚生省当然接受了，向我们道谢。当时我们都很兴奋。在日本援助以后，我们也有了一个回报的机会，多么温情！团队里有人建议报道出去，我一想，不能报道。第一，我们是直接送到横滨的检查站上供游轮的乘客用，如果他们一看说不能用，我们兴冲冲地报道，不是掉链子了吗？我们的心意到了，在中国能用，没道理日本不能用，且给他们验证吧。第二，日本人的民族自尊心是非常强的，我们提供的 5 000 份试剂盒虽然救了急，但算不上大动作，还是等等他们的反应吧。

四天之后，我发现新华社、中央电视台、人民网都发出了报道。我说怎么回事？这才知道，厚生省一名经办事务的官员情不自禁地发了条推文，说中国援助的这批试剂盒能用，在检疫上发挥了很大的作用。

韩国的长信与加拿大的短信

宣传是好事情，猛犸基金会的名声一下子响亮了起来。与此同时，邮箱里也收到了七十多个发展中国家大使馆的来信，表示需要试剂盒的援助。那就帮吧！这样就从日本开始，到第二个、第三个、第四个……一直送了40个国家。好，打住，不再送了。赠送的量不大，钱也不是问题，但是接下去送就没有技术含量了。其他很多基金和我们一样，也在援助试剂盒，猛犸基金会是小基金，持续走量不现实，更重要的是要体现出我们的科技含量。本身我们是做科学知识普及的，直接送实验室不是更好？

大家都觉得这个主意好，发展中国家的试剂通量小，当然需要实验室。那赶紧联系吧。我说不，我们要送发达国家。

猛犸基金会和华大团队都愣了："这他们会要吗？"

"要不要在于他们，送不送在于我们。我们表示送，是体现国际主义的胸怀和我们的心意。"说是这么说，但心里其实不服气，我不相信发达国家真的不要。改革开放这么多年了，中国企业是有实力的，尤其华大，在基因上的技术竞争力已经很强了，核酸测试对他们是小问题。

于是，我便给相识的首尔市长写了封信，表示猛犸基金会可以援助实验室。当时韩国大邱由于宗教活动的聚集造成了重大感染，也影响到了首尔。不久，就收到了首尔市的回信，非常长的一封信，表达了两层含义，一层就是感谢感谢再感谢。

一看就是受东方儒家文明影响，长篇细论地表示他们领会了我们的善意。第二层含义，写在了最后，很简单，就是不要。

果然团队的担心是有道理的。不要说欧盟了，韩国这么严重的情况都不要。怎么办？我们和加拿大的亚洲司司长关系还不错，就也给他写了封信，说我们有实验室，疫情这种情况下我们愿意提供援助，有没有需求？西方人办事和东方人确实不一样，他回过来了非常短的一封信，全文也就只有一个意思：不要。

之后我们联系了塞尔维亚，他们马上就表示需要，于是商业公益结合，猛犸基金会送一套，华大卖了一套。由深圳统一协调，华大的服务团队坐着专机一起落到了塞尔维亚。事后，塞尔维亚总统在电视上流着眼泪感谢中国的援助，其中就包括猛犸基金送的一套设备。

以为事情就这样了。没想到首尔市长秘书室又给我来了封信。信的大意就是询问我们华大的设备在韩国有没有销售许可证，如果没有的话赶快报过去，他们一个礼拜就能批下来。什么意思呢？韩国依然不需要援助，但是体会到了我们的善意，就又想办法来回报我们。传染病相关设备的审查是很严格的，华大知道这个消息后很高兴，这样设备就能很快在韩国销售了。

接着，加拿大也来信了，说有一批口罩是要援助非洲国家的，生产地是在美国。特朗普一下令，防疫物资都不准出口，这让他们没法实现承诺了。所以他们想委托我们在中国另外购买一批口罩，再协助他们送到非洲去。“行啊，没问题。”结果口罩还没运到非洲，司长又来信了：“实验室还送吗？我们现在需要啊。”我问他：“哪个省要？”他回复我：“哪个省都需要。”

我们当然不能每个省都送，得选一个。我选择的是安大略省——还不是温哥华。为什么呢？因为白求恩是安大略省人。于是我们联系了多伦多的西奈山医学院，又征得白求恩家属的同意，将这个实验室命名为白求恩“火眼”实验室。

商议完成以后，得签个协议，只能线上进行，由加拿大的两位部长出席。加拿大驻中国的大使知道消息之后，联系我们说要亲自飞到深圳华大办公室来，面对面地参与签约。我们把消息报告给外办。当时情势复杂，大使的到来会牵涉到许多方面，外办很难处理。最终外办负责人告诉我说：主席，请他来吧！我很高兴，这事总算能成了，同时心里也知道，外办的同志是有担当的。

猛犸公益基金会向加拿大多伦多西奈山医院捐赠华大白求恩“火眼”实验室的线上签约仪式

再之后，不但是加拿大，希腊、西班牙、法国也要，我们一律都送。猛犸基金会是 2018 年才成立的，就这样一炮打响，在国际国内的知名度一下就提高起来了。

生物科普进北大

猛犸基金会原来是做科普的，重点是在大专和中学作推广，所建立的第一套实验室就是在中学。但是第二套实验室的地址却出乎所有人的意料——建在了北京大学（简称北大）。之后又建到了清华大学（简称清华）。

怎么科普的仪器还能进大学呢？大学里什么高级的设备没有呢？确实，生物学相关的学院里不缺高精尖的设备，但是不是生命科学专业的学生，想要了解相关的知识，是缺乏场景和教材的。所以猛犸基金会就找到机会，“卖”相应的设备和书籍过去。你会想公益基金还能卖设备吗？这就是猛犸在尝试的一种新的公益形式——社会企业。公益结合商业，但所得的利润收入不能作他用，只能继续投入其公益项目之中，帮助基金会进一步运转。

和北大、清华都签了合同，影响力一下子就起来了。南方科技大学（简称南科大）也来找我们，说猛犸作为深圳的基金会，得考虑到深圳的高校啊。南科大一提出来，香港中文大学的深圳分校也提出来了，说他们也需要。就这样，疫情之后猛犸基金会的科普也蓬勃开展了起来。

2022年7月1日

第一枚赛艇金牌

埼玉县户田赛艇基地，是1964年东京奥运会的水上运动赛场。

2007年，户田大师杯邀请赛迎来了第一次参赛的万科赛艇队，接待方为赛艇基地主管禾田先生，原日本国家赛艇队舵手。

之后创建的深潜队和中国民间的大学生队伍也来参赛交流，建立了友谊。

2022年，是中日建交50周年，再次前来划赛艇更具意义！

俊廷先生，万科PC住宅产业化的奠基人之一，曾任万科集团副总裁，为人平和、真诚，亦是万科赛艇运动的推动者之一。为照顾家庭，选择移居东京。疫情后再次喜相聚。15年前，

埼玉县户田赛艇基地

第一次参赛户田赛艇大师杯赛，和俊廷搭档双人双桨50—55岁组别，喜获首个参加国际比赛的金牌！

这次见面，建议俊廷开展另一项运动——攀岩。

高律师，在日本留学并工作36年的上海人，是谙熟中日两国文化与法律的大律师。

2008年汶川地震，在我考察地震灾后重建时相识，从此成了朋友和合作伙伴。

他大学毕业时是标准健康的小伙子，现在呢，成了中年胖子。

此次世界运河穿越，在美国站曾引导大律师进了两次攀岩馆。这次东京工作一天结束，来到晚场9:00—11:00的新宿岩馆。问他："这是第几次了？"答曰："第四次。""进步很明显嘛，按这样的状态，半年减重10千克吧。拭目以待。"回应是大律师发自内心的笑声……

2022年7月2日

六次东渡

中日数千年文化往来交流，影响最大的莫过于鉴真大和尚。

14岁在扬州出家。刻苦好学，成为一名有学问的和尚。应日本僧人邀请，先后六次东渡，历尽千辛万苦，在双目失明的困境下到达日本。在奈良精心设计建造了唐招提寺，该寺成为日本律宗总寺院。讲授佛学，传播中国文化，促进了日本佛学、医学、建筑和雕塑水平的提高，受到中日两国人民和佛学界的尊敬。

窗外，地标——京都塔

2010 年，鉴真大和尚的家乡——扬州，同奈良建立了友好城市关系。千年古都的奈良在中国的友好城市还有西安。

受扬州市政府委托，专程拜访奈良市政府。扬州送去的礼物，被摆在很显眼和重要的地方。2022 年是中日邦交 50 周年，我建议两座城市推动赛艇运动，得到市长积极回应。如果顺利，奈良将是世界运河穿越的一站。那将是对两座城市都非常有意义的纪念活动。

京都并不临海，却采用了灯塔的造型。在塔建成的时代，大部分的塔状建筑都是采用钢骨桁架结构，但京都塔却采用了

菊科向日葵属植物，因花序随太阳转动而得名。原产南美洲，西班牙人带到欧洲，初为观赏，栽培演变为食用与观赏两大类。

中国2020年葵花籽油产量89万吨，消费210万吨，缺口依赖进口，90%源自乌克兰、俄罗斯。

俄乌战争，已明显影响到中国千家万户的餐桌消费。

从商品进口、商品种类来看，中国从乌克兰进口额最大的并非葵花籽油，而是铁矿石，其次是玉米、大麦，葵花籽油位于第四位。

向日葵

封闭式的设计，是日本最早的外墙承重结构之一。

考虑到日本地处地震带上且台风盛行，在设计时，使用了比一般建筑物高出一倍的安全系数。塔安然度过了风速高达50米/秒的台风与阪神大地震的洗礼。

风尘仆仆一天，不需要应酬了，在奈良车站一旁的居酒屋晚餐……

20世纪80年代第一次东瀛行，印象中，居酒屋就是城市男性白领下班后放松喝酒的街边小酒铺，可以连续喝几家，不醉不归。现在则是流行的料理店，喝不喝酒反倒在其次。

居酒屋起源于江户时期，日本饮食文化不可缺少的部分。

以前的居酒屋在店头挂起红灯笼替代招牌，称呼居酒屋为“红灯笼”。现在用绳造的门帘的居酒屋仍很多，也有把居酒屋称呼为“绳门帘”的。

酒精过敏的，就以茶代酒吧，重点在放松惬意。

2022年7月3日

佛法的都城

奈良东大寺，华严宗总寺院，7世纪中叶由圣武天皇兴建，仿照中国寺院建筑结构建造。后遭两次兵火重建，寺院正门的南大门竖立有18根长约30米、直径约1米的木柱，气派宏伟，是日本最大的寺院建筑。

戒坛院是为中国鉴真大师传戒而建，鉴真曾在此向圣武天皇、孝谦天皇与僧侣们讲授戒律，给日本佛教界注入新风，并创建了律宗，与三论、成实、法相、华严、俱舍并称日本南部六宗。孝德天皇大化元年是日本一次重大政经改革，史称大化革新。从大化元年到迁都京都（平安京），约150年间，被称为奈良时代。这是日本律令（刑法、行政法）政治的全盛时期。

奈良时代迅速发展的佛教势力与贵族力量对天皇权力形成了威胁。

东大寺大佛殿成了奈良最大的建筑，恰好处在俯视天皇居所的位置。与其说是天皇的都城，不如说是佛法的都城。

为了削弱这些权力对朝廷的制约，以天皇为首的中央官僚决定另辟蹊径，将偏居山湖之侧的平安京（京都）作为都城，以达加强君权的目的。

2022年7月4日

灯灯相续

比睿山延历千年古寺。日本天台宗由开祖最澄创建于延历7年（788年），山号为“比睿山”，供奉的本尊为药师如来。

在恒武天皇支持下，创立了天台宗。日本的天台宗在理论方面以《法华经》为根本，配合禅、密、大乘戒，四宗融合形成其特色。最澄法师主张显密一致，在弟子努力下，不断引入中国的新思想，使得比睿山成为镰仓佛教的思想源流。

净土宗、净土真宗、日莲花宗、曹洞宗、临济宗各宗祖都曾在延历寺修行，使其享有“日本佛教母山”美誉。

镰仓时代，延历寺曾因护法搅入幕府之争。被织田信长纵火，4 500多栋房屋和3 000多僧众化为灰烬。现在的建筑已是江户时代重建。但开寺点燃的松油灯的火苗却延续至今。

在 1 200 余年的岁月里，比睿山虽然遭兵火之灾，但长明灯却未曾熄灭，最澄大师的精神和事业代代相传、灯灯相续，令观者感慨：这里供奉着在中国创建天台宗的几代宗师，他们被视为日本本宗的源头；中国清代以前的寺院建筑样式在这里历历在目；中国文化传统的字画艺术作品，作为国家财富，被精心保护修复；隐身于参天古林中的寺院若隐若现，可让人感受到中国天人合一的传统思想不仅被保留，而且被发扬光大。

受此感染，要求临写一段经文以表心情。

延历寺有项苦修行的传统：一位僧人在龙山闭关，其间断绝和外界的任何联系，直至 12 年之后，另外一位接力闭关。其苦修的程度令人联想到达摩面壁 9 年的故事。陪同参访的宫本祖丰是延历寺的一位高僧，曾经历了闭关 12 年，但却没有后继者接力，宫本又回到龙山闭关，再过 8 年有了接力的僧人才出山。太令人震撼了！

36 年前曾经访问这里，那是出于旅游心态的猎奇，这次却被中日悠久文化的交流沉淀所深深感动。两国人民曾因军国主义者发动的侵略战争而受到伤害，但拉开两国交流的历史长度，政治、经济、文化往来，和平、友谊、文化交融是主旋律。今后也应该是这样啊。

隋唐正是中国佛教宗派的繁荣期，日本学僧从中国传习了佛教学术，一些重要佛教宗派开始在日本形成。日本佛教在发展中形成了自身的民族特点，也创立了日本独有的宗派，但作为汉传佛教的一支，其所依经典为汉文佛经，其根源可追寻至隋唐时期的中国。最澄与空海于贞元二十年泛海入唐求法，最澄回国后于比睿山创日本天台宗，空海回国后在高野山建日本真言宗。

在比睿山延历千年古寺

隋唐时期的中国不仅创造出光辉灿烂的文化成果可资借鉴，并且具有博大开放的胸襟来接遇远人。当时的中国人靠精神、靠智慧、靠自己创造的财富，把声威远播到四方，为周边民族的发展作出了贡献。

当今崛起的中国何尝不是敞开心胸交流、借鉴、包容，共创美好未来呢？

濑田川是琵琶湖唯一流出的河流，赛艇队选择从湖最狭窄处的琵琶湖桥出发到石山寺的幽静诗情河段竞舟。刚离岸出发滴起雨滴，瞬间瓢泼大雨，船舱积水，能见度极低，坚持挥桨。

赛艇队的成员有留日中国人，亦有留华日本人，职业则有创业家、律师、工程师、会计师……

在琵琶湖竞舟

通过赛艇运动，连接友谊，关注环保生态。赛艇俱乐部的位置在滋贺县大津市，口号：世界运河赛艇，保护水资源，大津 Go Go Go！

琵琶湖，日本最大淡水湖，也是世界上最古老的湖泊之一，著名游览胜地；列入湿地公约国际重要湿地名录中。

从石山寺返回码头一段，我从领桨手改换成舵手，过把指挥官的瘾。

2022 年 7 月 5 日

松下之道

拜访松下总部，万科起家曾进口大量摄录像设备，建立了合作关系，取得了相互信任。虽然转型专注房地产后，业务只

窗外，草津，早！

拜访松下总部

是偶尔往来，但友好关系仍保持着。松下先生理想主义的经营之道影响我至今。

这么多年过去，世界变化之大出乎意料，许多经营手法已经不适用，许多传统行业惨遭淘汰。但人性并没有变化，松下的经营之道仍然适用：①追求人生的意义和价值，永不言退；②倾听不同意见，闻过则喜！对于成功企业家很难做到（注：我就做不到）；③用心观察，世间万物皆为我师，终身学习；④自省和反思；⑤亲近大自然。

滋贺县草津市，松下非碳能源实验基地（禁止拍照）：太阳能板矩阵产生电能使用 / 制氢储存在没有太阳能发电时氢燃料发电……

2022 年 7 月 6 日

镀金的冰淇淋

金泽，本州北陆地区最大的城市，著名的旅游观光城市，被誉为“小京都”，与苏州市结为友好城市。

20 年前，曾慕名专程前来参观兼六园。再次来访是与金泽大学学子共同赛艇竞舟，纪念中日建交 50 周年，不胜感慨！

与金泽大学学子共同竞舟

与石川县知事驰浩相见

驰浩，石川县知事，1984 年全日本重量级摔跤冠军，洛杉矶奥运会选手，10 年后进入政坛，曾任安倍内阁文部科学大臣。

“知道你上过珠峰，但看着肌肉紧绷，仍然保持着锻炼吧！”

“知事先生曾是全日本重量级摔跤冠军，虽说那是几十年前的事迹，但身体仍然保持着健壮，真是令人印象深刻的政治家。”

都是喜欢锻炼强体的人，谈话自然投缘。

石川县金泽东茶屋街，品隋唐风味。

抹茶起源于中国魏晋时期，采集嫩茶叶，用蒸汽杀青后，做成饼茶（即团茶）保存。食用时，将饼茶放在火上烘焙干燥，用石磨碾磨成粉末，倒进茶碗冲入沸水，用茶筅充分搅动使其产生沫浡，即可饮用。

薄薄的一层金箔包裹在冰淇淋上，售价 861 日元（折合人民币 43 元），尝一尝。“嗯，味美。”

据说，鉴真东渡将金箔工艺传到了日本。

黄金特有的延展和柔软性，一两黄金可以锤打成 16 平方米的金箔。金箔用于医药、装饰、精密仪器等领域。中医用以入药，可解毒、安魂定魄、补血。

2022 年 7 月 8 日

祈愿

一个星期前访问奈良唐招提寺与东大寺，记忆犹新。惊闻前首相安倍在奈良遭遇刺杀！祈愿平安！

祈愿

奈良东大寺

窗外，东京，早！

2022年7月9日

奥运赛场

海之森公园，2020年东京奥运会赛场，“洁水、零废弃、碳中和，深潜在行动！”

风浪有些大，有侧浪，双人双桨很难平衡，船在进水，遂

在海之森公园奥运赛场划艇

改变战术，领桨手划，一号平桨……

穿越在东京，到访爱普森机器人—夏普新能源—新宿岩馆—海上森林公园—早稻田大学—环境新能源研究所—日本赛艇协会—EO 创新协会—东京大学……聊赛艇、攀岩运动、环保生物多样性、绿色低碳……

中国企业在行动，为地球健康、为人类未来共同努力！

2022年7月10日

难忘楠敬介

昨天深夜抵广岛，早餐前联谊划赛艇。

广岛地区原来只是太田川入海口的一个三角洲，中世纪发展成城市，因其重要的政治经济军事地位，二战期间遭受了核弹攻击。这是人类史上第一场核武器空袭行动，原子弹爆炸造

广岛太田川，共同表达绿色环保心愿

成广岛市超过十万名居民死亡，城市遭到毁灭性打击。遭受核爆炸摧毁的圆屋顶遗址被认定为世界文化遗产。广岛原子弹爆炸中心遗址一侧——和平公园，荷花盛放、和平钟声，愿死难者安息、核武不再！太田川流淌，中日友谊永驻，爱护自然、共同守护。

广岛太田川，缓缓流淌，四人单桨 + 舵手 +8 千米，划手国籍中国、日本、韩国。共同关注气候变化，绿色环保是世界共同话题，交流友谊无障碍。

广岛市坐落在广岛三角洲，水资源丰富。当问到广岛有无运河时，太光寺高僧回答："一般运河都是人工挖掘出来的，但广岛的运河是填出来的。"水资源丰富不言而喻。也许因为这个原因，百万人口的广岛没有地铁交通。

东京建物协会的会长楠敬介，是我的忘年交。他是广岛人，也是原子弹的直接受害者。就在他上小学的路上，原子弹爆炸了，当时他距离爆炸点只隔着两个山头。晚年时，他肝脏生了病。我问他：身体上出现的问题与核辐射有没有关系？他立即非常清楚地回答我说：没有，没有什么关系。

与楠敬介会长最早是同行，是互相借鉴学习的关系。那个时候万科推动的千人计划，组织 1 000 名工程师、管理人员、物业服务人员到日本学习，都是通过东京建物来建立联系，向前推进的。后来我们又在中国建立了合资公司，合作到现在已经有二十多个项目了，非常顺利和成功。

楠会长对中国很有感情，他给我讲过一个故事。东京建物的前一任会长抗战期间曾在中国天津经营业务。后来他病得很重，楠会长去医院看他，他就嘱咐楠会长，一定要保持中日友

多刺绿绒蒿（罂粟科绿绒蒿属），高原草本植物。

提到绿绒蒿，不少人感到陌生，因为它居高山幽谷，在平原和丘陵无法发现其踪影。高山峻岭，雪山幽谷，雪山初融之时，雨露滋润，雪草吐芳，生机勃勃。登山和探险者，能发现舞姿翩翩的绿绒蒿。

为了适应严寒的气候，身披毛绒的绿绒蒿仿佛穿上御寒的毛衣；其根长度超过株高的几倍，以利穿过岩石缝隙把根扎得更深，吸取养分。在百草不生的流石滩中，竞放艳丽花朵。

多刺绿绒蒿

好。因为当年日本投降他们被迫撤退的时候，非常狼狈，但完全没有受到任何粗暴的对待，反而当地的老百姓都非常真诚地提供了帮助，最终他们安全地回到了日本。这份情谊一定要记得。楠会长本人会写汉字，会画中国画，也学中国太极拳，本身就非常欣赏中国的文化。改革开放以来，无论于本心还是于前会长所托，他一直都主动而友好地帮助中国推动经济发展。

除了工作上的往来，我们也有私人关系，他对我的影响非常大。在研究日本问题的时候，楠会长是我了解日本的导师。当年在哈佛，暑假的时候我总要拐到日本，待至少一个星期，向他请教问题，他一一回答。也就在那时候，他肝出了问题，动了手术，之后脑血管上又不好。虽然头脑还很清楚，能够完整表达，但是听力已经不行了，耳朵聋了。怎么办呢？只能是我来问，翻译再给他写成日文，他再来回答。这么艰难的情况下，我实在不忍心再打扰他。后来他连说话也不能了，却还是坚持让我去日本找他。于是，我们只能通过笔来互相交流。

虽然交情很深了，但日本文化和我们不一样，日本人一般不会轻易领别人到家里去。所以这么久了，我也没去过他的家。2015 年他去世了，我知道以后就很想去参加他的追思会。但我没上门拜访过，也不认识他的家人，没有受到邀请，不能主动联络表示要参加。正为难，没想到东京建物给我发来了楠会长夫人的信息，请我去参加会长的追思会。虽然我和会长认识了这么多年，互相欣赏，他又是我的导师，但确实没想到没有见过面的夫人会邀请我。在这之前，我没有参加过日本这种家族式的追思会。还记得那是在一个比较大的酒店会堂里举办的。会长的家人们很朴素，看我进来，就给我两株百合花，摆在面前的桌子上。再往里走，有楠会长的生平展，就是照片的陈列，从一开始出生一直到最后，反映他的生平，战争期间他的工作，他上的大学，后来的职位，等等。

让我怎么都没想到的是，影片展的最后一张放得非常大的照片，是我和楠会长的合影。我的印象里，我们还保持着一种距离。这么多年，他不主动说，我也不好意思提出去他家里看看，请他夫人一块儿吃顿饭。但是她却将我们的彩色合照，放在了最后，我感到非常意外。

追思会结束以后，中午就和他的夫人一块儿吃饭，我又发现夫人很明显没有把我当成外人，我问什么问题她都回答。唯一一个她没回答的问题，就是她和楠会长相遇和相爱的故事。老夫人听到这个问题就抿着嘴，微微一笑，没有言语。

楠会长是广岛人，广岛对面是濑户海，就是四国。从楠会长夫人的口中我知道，楠会长非常关心的一个事是，他的祖上到底是干什么的。夫人说楠会长怀疑他的祖上是海贼，就是中国人常说的倭寇。因为不能确定，他还专门去了一趟四国，访问了岛上的一个神社，这个神社是祭祀海贼的。通过查神社里的记载，他才终于安心了，确定自己就是海贼的后代。于是追思会之后，我又专门去了一趟楠会长家乡的神社。

我很想给楠会长扫墓，就和老夫人提了。老夫人一点都不惊讶，说："好啊，我陪你去。"我知道楠会长的家在镰仓，所以我估计墓地也会在镰仓。我问老夫人，楠会长安息在哪里？老夫人说，圆觉寺。一年前我刚为了研究日本去过圆觉寺祭拜一个人，日本的导演小津安二郎。真是冥冥之中的巧合，我又问老夫人，为什么墓地选在了圆觉寺？她告诉我，因为圆觉寺那个位置是可以看到富士山的。

我们约好了一起去扫墓，我早上搭车到镰仓，老夫人在圆

随遇而安，却争取生长空间，顽强滋润地活着，展示生命的活力！

缝隙生绿草

变叶木（大戟科变叶木属），常青灌木。观叶植物，叶形和叶斑变化丰富，具形态和色彩美。

但注意了！如其他大戟科植物一样，变叶木的树皮、根、乳汁、叶子均有毒，若误食能导致严重腹泻，儿童如果误食其种子会带来生命危险。

变叶木

高知百合花，盛开时节，公园、花坛、田埂到处可见其踪影：细长洁白、喇叭状，花香清幽高雅，迎风摇曳生姿……

希腊神话、旧约圣经都称赞百合花的美丽。基督教里，百合花更是纯洁的象征，是圣母玛利亚之花。

世界上说到“百合之国”指的却是日本。世界上百合原种的六分之一（约十五种）是日本原生。自19世纪荷兰人将百合球根带回欧洲，“美丽的百合”就成为欧美园艺爱好者的渴望之花。从明治至昭和年间开始，百合与蚕丝并列，是日本获得外汇的主要商品。目前日本国内，百合花的主要产地就在气候温润的高知县。

百合花

觉寺门口等我。日本的殡葬业主要是由佛教的寺院垄断的。日本人在信仰上可以是无神论者，可以是基督教徒，也可以信其他宗教，但最后百分之九十的人都选择安葬在了寺院的墓地里。进去一看，是一个阶梯式的斜坡，但楠会长的墓地位置在很低的地方，显然在那里是望不见富士山的。

我心里想，肯定不会是因为经济原因才选了这个地方，究竟是为什么呢？老夫人看我不解，就告诉我，她和楠会长早就商量过了。他们俩无论谁先走，留下的人年纪大了，扫墓都会不方便，所以一定要选一个来者方便的位置。我的心里一下子感慨万千，楠会长身后还要眺望着富士山，然后又那么地不愿给别人添麻烦，考虑后人祭拜的方便。

2022年7月11日

水城高松

高松，四国岛连接本州的门户城市，工商业发达，但并不被中国游客所熟悉。它也是日本三大水城之一，充分利用临海地形特征，护城河引海水进入，使军舰可直接进入城内。1990年，江西南昌同高松建立了友好城市关系。

27年前，驱车日本列岛旅行时，我曾访问过这里，欣赏日本经济起飞时期建成的标志物之一——濑户大桥。

窗外，高松，早！

瀬户大桥

2022年7月12日

日本人的死与生

日本民族不忌讳“死亡”，自然亦不忌讳墓地。再者，日本观念中，人死亡了就升华为神。和众神相邻不是很好吗？

虽说不惧死亡，却面临另一个“难题”：死不了！

世界卫生组织（WHO）的数据显示，日本以人均83.7岁的寿命荣膺全球最长寿国家称号——这已是连续30年的纪录，当之无愧的长寿大国！2013年5月，探险家三浦雄一郎成功登上珠穆朗玛峰之巅，以80岁的高龄刷新了史上最年长登顶者纪录，象征日本人不仅活得久，身体还很好。

会议安排在增上寺一侧，接近时交通阻塞，许多行人手捧一束鲜花前往。警察在维持秩序指引……

窗外，城市中心墓地

前首相安倍遗体已被移至增上寺，举行守灵仪式。民众前来表达对安倍的敬意。

增上寺坐落在东京中心地带，净土宗的大本山，修行道场。

增上寺的前身是由空海的弟子宗睿创建，原寺名为光明寺，属于真言宗，净土宗八祖圣聪上人入主，改为净土宗，并改寺名为增上寺。

德川幕府初，增上寺被指定为德川家灵庙之一，寺院香火旺盛自不必说。明治维新鼓吹神道，排斥佛教，增上寺遭到严重破坏。二战东京大轰炸，再次遭到毁损。

这里安葬着江户幕府第二代德川秀忠、六代德川家宣、七代德川家继、九代德川家重、十二代德川家庆以及十四代德川家茂等六位历代将军以及其部分亲属。

东京增上寺

苔藓生活在荒漠、冻原及裸露的石面，在生长过程中分泌酸性物质促进土壤分化，给其他植物生长提供条件，是土壤的开拓者。

苔藓植物经历了从水生到陆生的演化历程，见证了中生代恐龙的灭绝和新生代生物的崛起。它们拥有庞大的族群和顽强的生命力，至今在地球上广泛分布，约有 21 200 种。除海洋和温泉外，遍布地球上每个角落。

苔藓无维管组织，密集形成吸水性的毛细孔隙，在土壤表面形成天然的保水屏障，在过滤雨水的同时隔断土壤水分的蒸发，能为土壤锁住雨水，防止水土流失，在地球的生态系统中发挥着举足轻重的作用。

苔藓

2022 年 7 月 14 日

护法一揆

雨中寻觅……

明治维新初年，新政下了一道神佛分离令，规定僧侣只是一种职业，应称姓氏。认为僧侣有食肉、娶妻、蓄子、蓄发的自由。引发了排佛运动：烧毁佛像、经卷、佛具，敕令僧尼还俗，寺院废去或合并，史称“废佛毁释”。

面对这一连串的毁佛行动，大批佛教徒发起“护法一揆”运动来反抗，停止了毁佛的蔓延。

二战期间，大部分佛教的活动被阻止，甚至遭到弹压。战后，信仰自由得到保障，日莲系的创价学会教势急遽扩展，成为主流。传统佛教除了学校、学术团体的学术研究外，给人的印象就是“葬式佛教”了。

横滨千代田化工建设，寻找、发现、合作、推广碳中和技术与方法，不遗余力！

2022 年 7 月 15 日

集合号

墨田区晴空塔下，隅田川赛艇集合号。

晴空塔高度为 634 米，2011 年 11 月获得吉尼斯世界纪录认证为“世界第一高塔”，成为全世界最高的塔式建筑，亦为世界第二高的人工构造物，仅次于迪拜的哈利法塔。

在隅田川滑过江东新桥下

晴空塔的基部为三角形，往上逐渐转变为圆形。天线顶端并不是尖的，而是下细上粗的类柱状物，这样的设计显得十分独特，让人联想到日本传统的奈良药师寺东塔顶尖。

深潜和东京大学漕艇部组成混合队：连续两届代表日本的奥运选手；从华盛顿专程赶来的小唐夫妇；还有四位到过中国参赛的东大学生；阳性转阴的坎利从维也纳前来助战……一切是如此奇妙不可思议！因为运动、环保、生物多样性、建立脱碳社会，聚集到一起！

拜访富士公司后藤社长（左三）

2022 年 7 月 16 日

富士山下话“富士”

影像胶片转数码，科达轰然倒塌，富士胶卷却成功转型为一家医疗设备和健康产业的现代企业。

富士胶片的业务涉及“高性能材料”和“影像”领域比较

容易理解，但是怎么进入医疗领域尤其是低调转型医疗器械领域的？

富士自身影像领域的先天优势仍在不断创新，再就是通过资本并购以及产业化运作在医疗领域开疆拓土。其转型的路线图清晰而富有魄力。

利用资本市场买买买，是企业扩张和转型进入新领域的通常做法，但转型战略目标不清晰或行动不果断不免贻误战机。

新上任的后藤社长明确：前任完成了富士的转型，而他的使命就是让富士成为成功的提前实现碳中和的企业。

学习富士好榜样！

西麻布篱笆攀蔓：栝楼（葫芦科栝楼属），攀缘草本。花冠裂片的顶端分裂成流苏，自然卷曲，似银色卷发，散发出清香。瓤果初为翠绿色，成熟为黄褐色。

栝楼

2022年8月5日

坂本龙马

四国高知县，明治维新之前是土佐藩。土佐不仅与本州交通不便，与岛内其他各地的往来也很艰难，维新之前被称为“离天夷边之国”。幕府末期，就是在这山高皇帝远的僻壤出了一位杰出的促成明治维新的领袖人物——坂本龙马。

下了飞机，东道主小川先生安排第一站：坂本龙马博物馆。

在“尊王倒幕”革新中，坂本龙马促成了水火不容的萨摩藩和长州藩的结盟，这次结盟改变了日本的历史走向。在萨长同盟缔结后，坂本龙马开始构想建国后的日本形象，以“船中八策”而闻名的明治日本纲领最为有名。

在革新派努力下，幕府向天皇归还了政治权力，史称“大

扫帚菜（藜科地肤属），有一个动听的名字叫作“孔雀松”。株丛紧密，株形呈卵圆至圆球形。嫩茎叶可以吃，老株用来做扫帚。茎叶还可以做饲料，种子含油15%，供食用及工业用。

扫帚菜

又见橡树。

我国栎属树种资源丰富，有50余种，但秋色叶树种较少，影响了中国在园林绿化中的应用。

品种栓皮栎的树皮是优质软木原料；落叶类的橡树嫩叶可饲养柞蚕，老叶可作饲料。采伐的橡木边角料还是培养香菇及木耳等食用菌的优良原料。浑身是宝的橡木等待国人的发现和利用。

橡树

政奉还”，创立了近代日本新体制，领袖人物正是坂本龙马。他铸就了近代日本的基础，就在想要大展身手之际却遭到了暗杀，结束了短暂的一生，史称“近江屋事件”。

坂本龙马博物馆的首席研究员显然是坂本的崇拜者，他在结束介绍时，客观地总结道：“坂本能在日本家喻户晓，是历史文学家司马辽太郎的大作《龙马来了》的传播和影响力。之前，名气并不高。现在大多数人都认为他是幕府末期最有名的伟人。这种印象可以说是根据这部作品创作出来的。”

与日本企业打交道时，接触的往往都是经团联里的大企业。而同友会是什么呢？它是个人代表而非企业法人代表组成的一个组织，成员和经团联有重叠，但不一样的是同友会里有很多中型企业。这次来到日本，不仅接触了同友会，还深入一线，结识了同友会的地方分会。接待我们的分会特别向我们推荐了四国高知岛的二氧化碳捕捉与应用案例：2000千瓦/时小型生物质发电站。发电设备制造企业和蔬菜种植公司联手，创造碳中和社会的新生意模式。

煤炭的火力发电占了碳排放非常大的一块，但因为中国的能源储藏主要是煤炭，所以从国家能源安全来讲，不可能为了碳中和目标而取消煤炭作为一种能源。所以如何碳捕捉，如何碳储存，就成了一个非常大的、未来要解决的问题。

这次参观的项目就是一个火力发电厂，烧的不是煤，而是水生物质，即废弃的树枝树叶。因为高知是日本县级单位里森林覆盖面积最高的一个县，所以它拥有大量木材产业加工的边角料，以及平时掉落的树叶树枝。燃烧这些材料，以传统的热蒸汽推动汽轮机发电，电站再配备一套废气回收装置——

坂本龙马雕像

有意思的就在这里——回收的二氧化碳直接用管道输送到旁边20 000平方米的蔬菜大棚，增加大棚的二氧化碳浓度，促进蔬菜和花卉生长，测算产量可增加20%。第一期，5 000平方米的作物已经生长和收割了，是五颜六色的菜椒，黄色的、红色的、粉色的、绿色的，甚至还有白色的。价格比较贵，直接供应给了五星级酒店。

参观时分会长一直陪着我，看完这个项目又陪我去看农田。日本的农田现在也面临弃耕的问题。因为靠进口比靠自己来种植要划算得多。除了一些水稻、水果和蔬菜，还有高补贴

“日本植物学之父”牧野富太郎油画像

热衷于水晶收藏的小川先生知道我偏好植物分类，就推荐了高知县立牧野植物园。该园建成于1958年，为纪念“日本植物学之父”牧野富太郎。

园内植物之丰富出乎想象，更意外的是园内的藏书馆——牧野文库，收藏着与植物学、本草学、博物学有关的牧野生前的4.5万册藏书。

牧野自小喜欢植物，19岁时购买了第一本博物学书籍《本草纲目启蒙》。作者小野兰山以李时珍的《本草纲目》为蓝本，论述动植物，以及医药、园艺、食物、传说等博物学知识。显然，江户时代，有关植物、本草学的知识主要源于汉籍。

中国古代研究植物的著作不少，却没有以“植物”来命名的学术专著，因为一直是把与植物相关的花草、谷物、树木等统称为“草木学”的。藏书中的《植物名实图考》是出现在清代中叶的中国首部以“植物”为名的专门研究植物学的著作，其作者吴其濬是“宦游半天下”的朝廷要员，也是我国唯一中过状元的植物学家。

该书完成于1849年，与李时珍的《本草纲目》相比，所记载植物种类更多，对于很多植物的考证和描述也更准确。

1870年，德国毕施奈德在《中国植物学文献评论》中认为，《植物名实图考》是中国植物学著作中比较有价值的书，“其精确程度往往可资以鉴定科和目，甚至种”。

1884年，日本首次刊印这部书，著名学者伊藤圭介认为这部书“辨论精博，综古今众说，析异同，纠纰缪，皆凿凿有据，图写亦甚备，至其疑难辨者，尤极详细精密”。1940年，日本牧野富太郎所著的《日本植物图鉴》中，有不少取材于《植物名实图考》。现在世界上很多国家的图书馆都藏有这部书。

在中国社会层面却鲜有人知道吴其濬。令人感慨！

的作物以外，很多土地都荒了。这个会长现在就将四国岛的弃耕地买来，按照不用化肥、不用肥料的方法来培育蔬菜、水果、鲜花，供给本地和中国的青岛。同时他还组织了很多从城市回来的志愿者加入他的队伍，做保护生物多样性的工作。

计划从高知乘 JR（日本铁道，Japan Railways）穿越濑户大桥，经冈山站转乘去广岛。途中列车停靠香川境内的丸龟小站，因前方暴雨，停运！旅客被请下车……

以准时著称的 JR 策略，改变了？

决定租车前往广岛，争取会议前赶到；只是觅了两家车行，没有车辆可租，第三家有车却限制：两天内必须在本市还车。显然不适合租用。

怎么办呢？先吃饭再说。听介绍，此地的乌冬面最棒！

兰花丹（白花丹科白花丹属），淡蓝色花卉，特别是盛开在炎热的夏天，给人清凉的感觉，是备受人们喜爱的夏季花卉。

兰花丹

2022 年 8 月 9 日

五级风

世界城市运河穿越来到山梨，富士山，河口湖，五级风。

四人单桨 + 舵手，混合赛艇队中的舵手和一号桨位是山梨大学医学部学生，风浪中荡起桨叶，不惧风浪……

2022 年 8 月 17 日

拥抱不确定性

这次运河穿越，在日本停留的时间是最长的。原因首先在

富士山下河口湖，与山梨大学学生一起在风浪中荡起桨叶

于，改革开放以来，我向日本及日本企业学习了很多，也建立了很好的关系。现在我想深入碳中和领域，还是觉得应该再次学习日本。带着这个思路再去，访问了日本多个企业，考察他们对氢的研究和应用。在全世界范围内，应该说在氢能源上，日本是走在最前面的。

再者，与日本还是一衣带水的关系。当年划赛艇的时候，第一站就是来日本参赛——2007 年户田大师杯，之后也是每年都去。到了今年，已经有 15 年的时间了。所以就赛艇运动本身而言，与日本赛艇协会、赛艇俱乐部的关系也是非常密切的。全世界的赛艇运动最普及的是在日本，我想推广赛艇运动，也和日本联手起来一块推动。

这趟来，感受尤为不同的就是与日本的基层建立了关系。之前没想到自己还会来到四国岛这么偏远的地方，与日本民间的企业家展开对话和交流。

历数这两年：2020 年几次出国往返，一次隔离两周左右，加起来九周时间，但非隔离期间工作效率很高；2021 年全年隔离时间仍是九周，非隔离时间工作效率仍然不错；进入 2022 年，至今已累计隔离七周，工作效率还行。按年算，2022 年隔离的时间会打破纪录，超过九周，因为还要出国，要对付病毒的不确定性……

但无论如何，不要因怕隔离而不敢动，先自我隔离了。一旦心理自我隔离，不再主动，消极悲观，麻烦就挥之不去了。

就疫苗而言，出国不出国都应该打，一些国家没有打过疫苗的证明不准进国门，阴性和阳性倒不怎么在乎。疫情之后，只有出国才能强烈地感受到：这个世界需要中国，不仅需要中国的物品、中国的市场，还需要人员的互动来往，感情交流……

虽然身不能出酒店，但碳中和社区业务未受影响，大梅沙碳中和社区示范工程将按期于 10 月竣工。好在网络发达，每天会议平均在 8 小时。

不确定，意味着各种可能。对创业者而言，是什么样的可能？全在于你的心态和行动力。

山葵，日语“瓦莎比”（十字花科山萮菜属），绿色植物，食用的部分是山葵的根部，将根部研磨成粉末就是 wasabi 了。

山葵的价格比较高，只有高档的料理店才会使用山葵的根来作调料。

大多数日本料理店里，提供的瓦莎比是一种叫“辣根”的植物的根做成的酱。“辣根”，又称马萝卜，同山葵一样有刺激鼻窦的辛辣味，但味道更冲，没有山葵柔和，易栽培，价格便宜。其根茎为白色，加入食用色素，仿制成似山葵的调料。而餐桌上流行的芥末酱（黄色）则是芥菜种子研磨调制而成。

山葵

后记

沟通的可能

我于20世纪80年代到了深圳，第一次出国是在1984年。在疫情这种特殊背景下，今年我又选择以全球运河赛艇穿越走了出去，前后已经跨越将近四十年了。

此行最大的发现是，这么多年认识了那么多人，其实都在期待着相见。阔别许久，许多人看到我的第一眼，就开始回忆上次见面的情形，或者回忆自己上一次到中国时发生的事。这在以前是从来没有过的。无论在美国、欧洲还是日本，无论见的是划赛艇的人、企业家、政治家还是学者，这种温暖而亲切的感觉，一次又一次地浮上心头。过去有句话叫“远亲不如近邻”，放在现在却大不同了。什么叫近？有了飞机，到哪里都能在一天内到达了，即使身在他国异域，要见面沟通也成了易事。中国改革开放以来，已经深深地与世界各国建立起联系，与世界融为了一体。这个世界需要我们，我们也需要世界。这不仅仅是指经济、GDP这些因素的互相来往，而且是一种真切的你中有我、我中有你的情感，超越了各种形式的差异，并且在当前的隔绝状态下愈加深刻。而如果继续阻隔下去，也许又真的会有淡化消弭的一刻。

这次见到的更多的还是优秀的中国人，年轻的留学生、长期工作生活在那里的中国人，在哈佛、剑桥等大学里学有所成的教授，他们都融入了当地，并且在自己的领域内取得了不俗的成就。比如在波士顿，有一个老关系，他是万科多年的合作伙伴。他的儿子中学以后就到了美国，女儿则是在首都科技大学读了一阵子书，之后也到了美国。两个孩子在美国毕业以后，都开始创业，现在做得很成功。生活已是无忧了，但还在忧心祖国的发展。他们骨子里都根正苗红，接受的爱国教育根深蒂固。尤其是女儿，一直想回国，想用自身的技术和知识报效国家。但因为种种原因，家庭、事业等等，总是不能成行。她便觉得委屈：祖国需要我，但我为什么留在美国？真的一心想做公益，想为祖国做贡献。

在德国的卢昕，毕业于同济大学——建筑专业领域最好的院校之一。到了万科以后，因为能力出众，一路升职到顶，成为了万科的设计总监。后来她与一位德国先生相识，结婚之后就远走他乡，到德国生活，在德国一个非常著名的家族设计公司工作。人虽然在德国，但心里的念想一直没断过，这么多年来一直努力在做中德两国的交流联系，包括这次我去划赛艇，她不仅自己参与来划，还组织了很多碳中和相关的环保活动，是可圈可点的一位人物。荷兰还有一个刘丹燕，本科毕业于荷兰一所著名的设计院，后来到万科工作，之后又回到了荷兰，继续攻读硕士学位，同时参与工作。我在荷兰的时候，她不辞辛劳地帮忙穿针引线，做了很多联系工作，后面还担任起了行程指挥。

所有这些在海外的中国人，都无一例外地挂念着祖国，无时不在关心祖国的发展，希望能够将自己掌握的知识带到祖国来。每个人都在做同一个情境的想象：疫情以来这么久没回国了，再回去的时候祖国会有哪些变化呢？

与许多外国朋友的见面，也充满了戏剧性。以前合作过的企业家、在公益环保基金会里结识的人，没有一个是淡漠的，情绪都很激动，向我表达对现在状况无可奈何的伤心。在我和他们说起中国在生态环保上的变化，说起我个人的积极努力之后，他们又兴奋起来，第一反应就是我们联合起来一块推动。甚至于大投行高盛会面时就向我发出邀请，他们成立的委员会就差亚洲企业家了，我总算来了。“只要你同意，我们现在就把你吸收进来。”我面对的完全是这样一种热烈的气氛。

原来的百座城市穿越计划，出于谨慎的考虑，排了两年的时间，要到2023年的11月份才能完成。然而当我们真正从COP26启程以后，旅程的一切都在不断发生变化。到不同的地方，与不同的队伍联络，划不同的运河，与不同的人搭档——少则2人，多则12个人，下不同的运河开划。我们接受变化才是常态，一切都是随机而不可预料的，以至于行程一直都在不断地更新和调整。

这么多变，不是因为不顺利；相反，是因为一切都太顺利了。我们的口号——运河、赛艇、环保，就是我们交流的共同语言，是我们前行的绿色通行证。碳中和要解决的问题就是提高能效，实现更少的消耗。运河上的船消耗的能源比较少，比陆运、空运耗能小得多，所以从运输的角度看，运河还会发挥作用。而且在水上运输当中，船的吨位越大，它每一吨货物的运送成本就越低、耗能就越少，减碳的效果就越明显。像中国的大运河，比如山东济宁的运河、江苏的运河、浙江的浙东运河等，至今还一直都在发挥作用。江苏段京杭大运河上的吨位，占江苏运量（包括铁路、公路、运河等）总量的比例，是惊人的70%。

虽然运河的运输速度慢，但其实很多东西不需要运得那么快，比如钢材、水泥、木材、煤等货物，不仅占地面积非常大，而且还非常重，依靠水运是很合理而有益的选择。所以，运河要继续发挥南北沟通的作用，要拓宽，要增加吨位，为碳减排作贡献；运河还要成为当代的景观，要把水治理好，水质提升起来，让水上运动爱好者们流连于这座悠远的“水上公园”。在环保和运动的结合下，运河必将焕发出新的生机。

无论与谁聊起，他们首先都是觉得惊讶——这些问题居然能汇聚在一个行动中表达，紧接着就是表示支持，因为我们是生活在同一个地球上的个体，运河的更新、水资源的保护、赛艇运动与健康、碳中和的未

埃及尼罗河上赛艇

来，与我们每一个人都相关。

在世界各国人民对未来美好生活的一致期许下，深潜穿越队在一年之内就提前完成了目标。到2022年的沙姆沙伊赫COP27大会，我们最终穿越了超过120座城市——这便是我们带到会上的成绩，世界河流组织、国际赛艇协会组织、自然基金会等成熟的国际环保组织都支持我们。可以说，在国际关系复杂、疫情阻碍往来的背景下，我们做成了一件有国际影响力的事件，用一个让人意想不到的方式，找到了沟通的可能。一路走来，我们努力保护每一条河流，珍惜每一滴河水，坚持“零碳排、零废弃和水环境保护”，把这样的观念带给每个和我们握手、与我们一起划船的人。我们挥出的每一桨都代表着力量，流下的每一滴汗水、收获的每一个签名、获得的每一次认同都弥足珍贵。

在 COP27 上发布“全球运河赛艇穿越”成果

探寻新企业家精神

自疫情发生，我不自觉地进入了一种进取状态，去适应疫情，非常主动地走出去，去了解和应对各方面的变化。这一点可能和别人都不一样，很多没有特别需求的人，都是能不出去就尽量不出去。每次我走了一圈回来之后，最强烈的感受都是，希望大家都敞开怀抱，迈出脚步。千万不要怕被隔离，因为当你害怕的时候，你的心灵已经在隔离状态中了。

对未来是乐观还是悲观？范围 0—10，5 是中性。我的答案是 7.5，意思是：谨慎乐观。人类共同面对的病毒，你指望它迅速消失，它却没有，你可能会由被动转为消极情绪，甚至悲观。但我选择主动适应疫情与人类伴随的地球环境，疫苗打了三针，有必要可以打第四、第五针，只要是为了顺利出行。因为出国，这三年时不时被隔离，总时长将近九个月，但却感到比 95% 以上的人拥有更自由的行动空间。主动权在自己的手中。

我保持这种状态，实际上也在过程中更多地发现了我在社会上的价值，更多地明白自己在人生的第三阶段该如何继续前进，怎么样从万科退休后，从社会角度出发做公益与环保工作。

比如大家都很关注的那笔钱，为什么一下子捐给了清华。这个决定不是偶然的。我在十年前就决定用这笔钱在中国建一个国际标准的儿童医院。为了这个目标，我在外访学期间的一个重要课题就是考察各国的儿童医院，并组织了团队在全世界调查。所谓儿童医院的国际标准，实际上还是以欧美国家为主。美国排在前十位的儿童医院，我一共走访了六家，包括顶尖的不分伯仲的波士顿儿童医院和费城儿童医院。考察下来，最终决定合作借鉴学习的，是匹兹堡的儿童医院。它的排名不算特别靠前，但为什么选它呢？去过那里两次，我们发现这家医院和其他的不一样。虽然在设备和技术上不是高精尖，也没有那么大的投入，但是它的人文管理做得非常好。你会看到这是一个完全儿童化的医院，里面所有设施的视角和感受完全是从儿童角度出发的。举个例子，医生用来诊疗的桌子、核磁共振的设备，高度都是适应儿童的身高，所以作为大人的医生相对还委屈一点，就像是大人来到了孩子的世界，这就让小孩感到很放松。此外环境也不是一般的白色，而是涂绘成彩色的，就仿佛进了迪士尼乐园一样。小孩子进去，一下子就不紧张了。整个医院让你感觉到是按照心理学来设置安排的，非常精心、先进，我们就打算用这笔钱来整体引进这样一种形式的儿童医院。

在中国要建一个这样高级别的医院非常难，看了很多地方，最终决定建在深圳。地块就差签字买了，后来又发现根据新的规划，那个地块要通地铁。有地铁就有震动，会对一流的儿童医院造成影响。再加上其他种种困难，最终，计划还是没有实现，团队散了，加上我也退休了，疫情又来了，各种因素之下——公共卫生与健康的议题显得尤其重要。于是53亿元，交给了清华大学万科公共卫生与健康学院。

无论是儿童医院还是公共卫生学院，都是一种对社会公益和中国发展的关心。这种关心经过疫情的检验变得更深切了。每次出走，每次归来，我都在重复验证同一种体会，在这个面临着大变革的时代，经历了四十多年改革开放的中国，在世界上的地位已经举足轻重。

从中国历史文化的角度来看，中国有着“天下为公”的基调，不重私有，想想大禹治水亦是三过家门而不入。既然传统如此，从前我也以为，即使改革开放了，未必就能突破自古以来的思想。这种想法如今已经完全被改革所取得的惊人的发展成就以及中国在国际上的地位变化推翻了。随着经济全球化的发展，地球已经变成了村落，所有文化都能在一个基础的水平上开放交流。如今的中国，不仅在科技发展上不落于人后，其传统的为公观念也能在社会公共议题上提供新的视角和启发。天下为公、人类命运共同体的理念，为全球化罩上了一道曙光——人类不仅是竞争关系，也是合作关系。这个理念提升了全球化的意义。

所以现在我选择谨慎乐观。一个全球互通的局面已经形成了，我相信它不可能再退返，国家之间不可能再互相隔绝。在这种情况下，我们这一代人积累下来的经验，应该还能在发展的进程中继续发挥作用。

我刚到深圳的时候，是偏年轻的。那些80年代的创业家，像老柳，张瑞敏，基本都比我年纪大，到现在他们中的很多人已经去世了。而比我年轻的，现在也到了退休的年纪。大部分人都觉得社会上的许多事已经和他们没有关系了，尤其是世界变化如此之快，他们好像完全跟不上了。我的想法不一样，人类在科技上确实有着翻天覆地的变化，但人性是没有变的，一些最基本的价值观依然存在。

老年生活要怎么过？这曾是我进行国际交流时研究过的课题，当时我不觉得自己身处那个阶段。但现在马上要进入72周岁了，该怎么做已经变成了一个切身而具体的问题。我的回答是，我不会停止，我还在利用自己的经验做各种尝试，还在做自己认为有意义的事情。我依然在社会上寻找自己的位置，从而尽可能地发挥出自己的力量。我希望我的作为和状态能给同样在中老年阶段的人一个借鉴，让他们从我身上找到一些启发，再来调整自己。要知道老年不是突然到来的，它总是与你的前天、昨天相联系，所以不要觉得自己突然就从社会中抽身了，实际上与你有关的事情还有很多。

再创业是一个非常认真而严肃的决定，因为双碳目标召唤着我，要我调动起自己二十多年的积淀。同时我意识到，当前我们正处在一个交圈时代，事物不断在发展中衍生出跨界的需求。在互联网技术和碳中和经济的背景下，许多工作已经很难按照严格的专业区分去推进了，所以我再创业的一个做法就是，不局限于已有的人员和方向去搭建目标，而是在一个更广阔的平台上，汇集起所有能利用的资源，在开放、合作、互相借力的原则下，不断寻找新的可能。

原先我手下几个团队之间严格来讲是不太相关的，他们各关心各的问题。比如万科公益基金会重点做的是垃圾分类；搞运动健康的深潜一直在商业化发展，与公益基金不相关；SPAC这块是研究资本市场和绿色金融的；生物圈三号着力做的是社区改造。然而，随着进展的深入，我慢慢发现其实各种项目之间都有联系。显然我们不能把碳中和当成目的，它其实只是一个工具、一个手段，真正的问题是，个人、家庭、企业、城市、国家、全球如何行动起来应对气候变化？未来的我们应该如何生活？

所以，碳中和社区概念，其实指向的是一种面向未来的美好生活方式。既然美好，那么我们的居住环境一定是环境友好的，不是垃圾遍地，而是蝴蝶蜜蜂翩跹，花草树木丰茂——显然这是万科公益基金的业务；

我们的体魄一定是健康的，不会过度虚弱或肥胖，而是养成积极运动、科学锻炼的习惯——显然这是深潜能够推动的转变。而促成生活发生转变的动力，还需要大量的资金投入和成功的商业运作，所以绿色金融就必须发展起来。

我曾经这样总结过企业家精神，“一个社会总是有一些传统、规范和模式，企业家要认识到这些模式的问题，重新组织要素，并成功为社会创造价值”。在英语里，企业家对应着Entrepreneur这个词，具有奋进、创新的含义。我的想法没有变化。越是不确定的环境，越需要企业家，中国的改革开放就是一个最需要企业家精神的课题，邓小平的“摸着石头过河”就是最凝练的表达。

企业家们不仅要发现目前存在的问题，还要在价值多元的社会里团结起足够多的人，形成足够多的共识，调和各种相互矛盾的利益关系，以推动变革和创新。当前大变局之际对企业家精神的呼唤，不亚于40年前。我以之前提出过的一个号召，与所有人共勉：以一万加一变，应万变——企业家要比变化本身还要多一变，变危难为机遇，“逢山开路，遇水架桥”。

编后记

“我为什么突然觉得这本书一定要出？就是我想要告诉外面，我到底在做什么。”在书籍策划筹备的首次会议上，王石说。书名拟作《回归未来》，取自2018年王石在水立方做的同名演讲。在那场近四个小时的演讲中，王石提出“回到文明的源头，拥抱未来”。三年后，他和他创建的深潜赛艇队，以运河为线索，在千百年历史的运河河道中一路划行，触摸文明的脉搏，探寻理想的未来。

《回归未来》是王石先生对2021年开始的“全球百城运河赛艇穿越”项目的记述和总结。从格拉斯哥开始，以国家站点为章，以时间线索为节，通过自述，娓娓道来他在旅途中的见闻。18个国家，123座城市，这些数字再一次刷新我们对于王石的印象，这位曾攀登七大洲最高峰、徒步到达南北极点、保持16年滑翔伞攀高纪录的著名企业家，在新的挑战面前，再次出发。

然而，这并非这趟旅程的全部意义。在全球因疫情而遭到遏制、隔离、各自孤立的新巴别塔时代，王石踏出封锁重重的国门，完成了一次全球性的通联之旅。对攀岩、赛艇运动的坚持和推广，对气候变化和环境保护的呼吁和宣传，以及备受公众关注的碳中和业务的见闻与实践，是此次“运河深潜百城穿越”活动的核心。

翻开此书，我想您会惊叹于王石对于些微细节的敏锐感知和复杂事件的条分缕析，也能体会到他如何以智性、开放的心态进入双碳领域再次创业，专注碳中和社区的改造。“大房子和小房子”便是一个特别的案例——王石亲身实践，将坐落于深圳大梅沙的万科集团办公楼和自己的海边住宅，按照“双碳”标准进行了改造，绿色能源占比从17%增加到85%。在百城穿越期间，王石参访了不少先进的碳中和企业，也在书中分享了国际前沿的低碳经济技术和知识，干货满满。

在生活了近四分之三个世纪后，王石的理想主义色彩有了沉淀和分化，一部分浓缩成富有前瞻性的创新洞察，一部分则凝结为经岁月磨砺的人生智慧。谈及自退休以来的转变，他总结出一套“快与慢的相对论”，强调人需要跳出“快则内卷”“慢则躺平”的两极，要把握自己，向内求，在不确定的时代做确定的事，以一万加一变应万变。无论是到哈佛进修、重新创业，还是这场长达一年零三个月的全球性公益活动，他都在践行这样的价值观。

王石说……

《回归未来》是王石先生给本书定下的书名。在王石的词典里，“未来”或许被定义为一个动词的现在进行时，一套乌托邦建造方法论，一种突破世俗时间的可能性。从未来折返当下的他，正尝试着分享这个世界真正需要的东西。

衷心感谢本书出品团队的辛勤付出。感谢芒格书院创始人施宏俊先生为本书的问世所提供的莫大支持和帮助。感谢统筹冯楠先生，主笔杨紫琳女士，策划林淑娴女士，设计肖晋兴先生，档案迟鑫女士、陈咏诗女士。

洪海

2023年1月8日

于十七英里·深圳